Groteske Geschichten
25 Kurzgeschichten

Ulrich Jacobi

Groteske Geschichten
25 Kurzgeschichten

Unsichtbare Zwänge Teil V

Bibliografische Information der Deutschen Nationalbibliothek:
Die Deutsche Nationalbibliothek verzeichnet diese Publikation in der Deutschen
Nationalbibliografie;
detaillierte bibliografische Daten sind im Internet über
http://dnb.d-nb.de abrufbar.

© 2015 Ulrich Jacobi
Satz, Umschlaggestaltung, Herstellung und Verlag: BoD – Books on Demand
ISBN: 978-3-7386-8588-6

Inhalt

Unerfüllte Träume	7
Begegnungen im Nebel	13
Das Bauwerk	19
Puppenspiele	25
Die Flasche	31
Dollingers Drangsal	37
Auf lauten Sohlen	43
Künstlerpech	49
Herzlos	55
Vielerlei Gespinste	61
Heilige Vielfalt	67
Der falsche Schatz	72
Bei aller Liebe	79
Die Gedankenleserin	85
In eigener Sache	91
Zurück zur Natur	98

Doppelt hält schlechter	104
Die verschwundenen Kinder	110
In weiter Ferne	117
Späte Lasten	125
Das Spiel beginnt	132
Ein Wille geschehe	138
Blüten des Zweifels	144
Beklemmende Sichten	151
Verlorene Mühe	158

Unerfüllte Träume

Nach seiner Ermordung fühlte er sich entschieden besser, seine vielen Ängste waren verflogen. Allerdings wusste er nicht, wie sich dieser Vorgang abgespielt hatte. Es waren keine Schussverletzungen zu sehen, kein blutiges Messer, keine Schnur. Wurde er im Schlaf erstickt? Jedenfalls hatte er es endlich hinter sich, lag in einem sauberen Bett, aber nicht in seinem eigenen. Die Umgebung war ihm fremd, die Ausstattung des Raumes nicht unangenehm. Als sich die Zimmertür öffnete, sah ein sympathisches Frauengesicht herein und lächelte ihm freundlich zu. Die Schmerzen waren vorbei, die eigene Frau nicht zu sehen. Unsicher fragte er nach, wo er sich befinde, erhielt aber nur ein beruhigendes Kopfnicken als Antwort. Erst jetzt nahm er das eigenartige bläuliche Licht im Raum wahr. Durch das Fenster konnte er nicht sehen, die milchigen Glasscheiben verhinderten es. Die Frau hatte den Raum wieder verlassen. Hatte er sie nicht schon mal gesehen? Wo war er wirklich? Die völlige Stille war beinahe unheimlich. Plötzlich hörte er einen durchdringenden Schrei – und wachte auf. Nur langsam fand er sich zurecht. Vor ihm standen seine Frau und die ältere Schwester. Diese sah ungläubig auf sein linkes, auf der Bettdecke liegendes Bein. Es war versteift, die Spuren einer Operation waren noch deutlich sichtbar, die Folge eines Verkehrsunfalls vor wenigen Wochen. Auch am Kopf hatte er einige Narben zurückbehalten. Plötzlich öffnete sich eine andere seitliche Tür, als er mühsam seinen Kopf nach links drehte und sich selbst völlig gesund und ohne Gehbehinderung hereinkommen sah, direkt auf sich zu. Ein kurzer Schrei brach aus ihm heraus, Frau und Schwester blickten sich besorgt an. Sogleich war der andere wieder verschwunden. Die Kopfschmerzen nahmen erneut zu. Er musste an die junge Frau im Rollstuhl denken, die am Unfall beteiligt gewesen war. Johannes war eine Mitschuld gerichtlich zugesprochen worden. Danach hatte sich alles andere in seinem Leben geändert. Seine Frau sah ihn oft still anklagend an, das Verhältnis war nicht mehr das alte. Johannes spürte es an den kleinen Dingen im alltäglichen Umgang miteinander. Außerdem litt er stark an seiner Geheinschränkung, nicht nur körperlich. Seine Arbeit bei der Behörde hatte er aufgeben müssen. Er war zu langsam geworden, konnte keine wichtigen Entscheidungen mehr treffen, vergaß teilweise wichtige Sachverhalte. Seine Frau arbeitete neuerdings nur noch halbtags als Lehrerin. Sie war ihm jetzt wesentlich überlegen. Sie hatten spät geheiratet und waren ungewollt kinderlos geblieben. Johannes, groß, schlank, mit langer spitzer Nase im hageren Gesicht, konnte mit seinen grauen, einst lebendigen Augen neuerdings weniger lesen, es strengte ihn zu sehr an. Er litt an seiner Situation, riet dennoch seiner Frau, möglichst viel ohne ihn zu unternehmen.

Ohne deren Wissen hatte er zu der Rollstuhl-Gefesselten Kontakt aufgenommen. Sein Schuldgefühl, aber auch eine unerklärliche starke Zuneigung hatte ihn dazu bewogen. Die heimlichen Telefonate mit der Dame gaben ihm mehr Zuversicht. Die Kopfschmerzen wurden erträglicher, die nächtlichen Träume dagegen immer verworrener. Oft begegnete er sich selbst auf nächtlicher Straße, wobei der andere ihm triumphierend zeigte, wie gut er laufen konnte. Seine Frau tröstete ihn diesbezüglich manchmal, verwies darauf, dass es hätte schlimmer kommen können. Seit dem Unfall hatten sich ihre Reinigungsaktivitäten in der Wohnung gesteigert. Jetzt jedoch, sie hatte ein Telefonat ihres Mannes mit der Fremden mitgehört, unterlag sie regelrecht einem Reinigungswahn. Nach dem ersten Besuch bei der Dame durch Johannes, den sie ebenfalls ohne sein Wissen registrierte, wurde es bedenklich besorgniserregend mit ihr. Sie putzte ständig in der ganzen Wohnung ziellos herum, empfand dagegen kaum irgendeine Art von Eifersucht. Seine ältere Schwester, die davon erfuhr, sah die Angelegenheit als problematischer an. Sie war unverheiratet geblieben und sah in ihrem Bruder die Bezugsperson, auf die sie nicht verzichten wollte. Um die neue Bekanntschaft möglichst einzuschränken, unternahm sie nur alle denkbaren Versuche. Beide Frauen wirkten so auf ihre Weise gemeinsam auf Johannes ein, der aber inzwischen geradezu süchtig nach der neuen Beziehung geworden war. Woher kannte er nur diese Augen? Trotz des Rollstuhls war sie ihm ungemein sympathisch, er hoffte inständig, dass es ihr in naher Zukunft möglich sein würde, wieder einigermaßen gehen zu können. Eines Tages, er war nun schon häufiger bei ihr gewesen, gestand sie ihm ihrerseits den Grund ihres Interesses an ihm. Sofort wurde ihm klar, weshalb er selbst sie so ungemein liebenswert fand: Sie war Helga, die Helga, die er ehemals während der gemeinsamen Schulzeit so angebetet hatte. Später hatten sie sich aus den Augen verloren, nachdem er die Kleinstadt verlassen hatte. Sein Gefühl hatte ihn nicht getrogen, nur ihr anderer Familienname, sie war inzwischen bereits jahrelang geschieden, hatte ihn irritiert. Diesen Abend blieb er länger als üblich bei ihr, dachte nicht an sein Zuhause, empfand nach langer Zeit ein starkes Gefühl von Geborgenheit und Zuneigung. Endlich verließ er Helga, leichteren Herzens, als er gekommen war. Dabei wurde er von zwei Frauen beobachtet. Sie mutmaßten die größten Intimitäten zwischen beiden und nahmen sich felsenfest vor, dem ein für alle Mal ein Ende zu setzen. Sie waren bereits zurück in der Wohnung, bevor Johannes diese unter beschwerlichen Bedingungen erreichte. Todmüde fiel er in sein Bett, diesmal ohne quälende Träume. Am kommenden Tag zog seine Schwester in die leer stehende Wohnung unter ihnen ein. So konnte sie immer für ihn da sein, wie sie nachdrücklich beteuerte und ihn gleichzeitig leicht vorwurfsvoll ansah. Seine Frau sagte dazu kein einziges Wort.

Tatsächlich kam sie noch häufiger dem krankhaften Drang nach, die Wohnung mehrmals am Tag gründlich zu reinigen. Besonders den Badbereich säuberte sie mit starken Desinfektionsmitteln, sodass in der Wohnung neuerdings ein intensiver unangenehmer Geruch herrschte. Mindestens alle zwei Wochen putzte sie zudem Fenster und wusch die Gardinen. Unbeabsichtigt forcierte sie damit die Zusammenkünfte ihres Mannes mit dessen ehemaliger Schulfreundin. Ebenso wie seine Schwester malte sie sich in den schwärzesten Farben aus, was die beiden unterschiedlich Gehbehinderten miteinander trieben. Wenn überhaupt, sprachen sie beide darüber nur andeutungsweise. Johannes selbst genoss trotz aller körperlichen Beeinträchtigungen die neue Bekanntschaft weitgehend. Die eingebildeten Selbstbegegnungen in der Öffentlichkeit ließen ihn jedoch nicht los, ebenso die zeitweiligen Kopfschmerzen. Mit Frau und Schwester führte er nur noch einsilbige Gespräche, teilte auch nichts Näheres über seine Beziehungen zu Helga mit. Meistens hielt er sich in seinem kleinen Zimmer auf und schaute versonnen nach draußen in die nahe Parkanlage, in der sich der Herbst sichtbar ankündigte. Wie gern wäre er mit Helga spazieren gegangen, soweit man es so bezeichnen konnte, ins Kino oder in ein Café.

Diese hatte eine panische Angst, die Wohnung zu verlassen, lehnte auch jede Hilfe entschieden ab. Nach dem Unfall war ihr Interesse daran schlagartig erloschen. In früheren Zeiten genoss sie es, unter Leuten zu sein, bewundert zu werden von den Männern. Sie war auch jetzt noch attraktiv, und ihre Ansichten vertrat sie gekonnt. Die Gespräche mit ihr waren für Johannes sehr bereichernd, oft sprachen sie über die Schulzeit und über gemeinsame Schulfreunde. Helga konnte sich meist besser an Einzelheiten erinnern als er. Sie sah ihn dann nachdenklich an. Über den Unfall sprachen sie kein einziges Wort, beide wussten, wer die Hauptschuld trug. Innerlich machte sich Johannes aber die größten Vorwürfe, andererseits, hätte er Helga sonst je begegnen können? Sein Leben hatte sich in jeder Hinsicht durch sie verändert, und er wollte sie auf keinen Fall verlieren, auch wenn er verheiratet war. Über Frau und Schwester berichtete er nur zögernd auf Nachfrage. Helga merkte schon, dass ihn die jetzige Situation belastete. Ihre Liebe zu ihm würde sie auf keinen Fall aufgeben! Nachdem er eines Abends spät wieder zu Hause eintraf, warteten Frau und Schwester schon ungeduldig auf ihn. Sie machten ihm Vorhaltungen jeglicher Art und bedrängten ihn, die Beziehung zu Helga sofort und endgültig zu beenden. Die Schwester trat dabei entschieden energischer auf, sah ihn mit finsterem Blick an, während seine Frau verlegen mit den Fingern hantierte. Johannes war es äußerst peinlich, so schnell er konnte, verzog er sich in sein Zimmer. Auf die Schwester gerichtet verspürte er einen aufkeimenden Hass. Trotzdem, er musste über alles nachdenken!

Mehrere Tage zog er sich zurück in sein Zimmer, war für niemanden zu sprechen. Auch sein Essen nahm er dort ein. Dann endlich hatte Johannes sich schweren Herzens endgültig entschieden. Er musste die Beziehung zu Helga beenden, er war es seiner Frau einfach schuldig. Deren Putztrieb nahm sichtlich krankhaftere Ausmaße an, kaum dass er einigermaßen in Ruhe in seinem Zimmer verweilen konnte. Es war ihm klar, er musste auch an seine eigene Zukunft denken! Am kommenden Abend teilte er Helga telefonisch seinen Entschluss mit. Fassungslos und unter Tränen vernahm diese seine Mitteilung. Schließlich verbot sie ihm wutentbrannt jeden weiteren Kontakt zu ihr und beendete das Gespräch abrupt. Lange saß er völlig bewegungslos da und starrte in die Nacht, bevor er endlich schlafen ging. Seine Träume waren furchtbar, unruhig wälzte er sich hin und her. In den nächsten Tagen hielt sich seine Schwester oft in seiner Nähe auf und versuchte, ihn aufzumuntern. Seine Frau bereitete die schmackhaftesten Gerichte und gab sich alle Mühe, ihn zufriedenzustellen. Beide Frauen hatten mit Erleichterung seine Entscheidung vernommen, die er ihnen in knappen Worten mitgeteilt hatte. Helgas besondere Art und Weise von Enttäuschung war eine sehr ungewöhnliche Reaktion: Sie hatte sich eine lebensgroße Stoffpuppe fertigen lassen, anhand von Fotografien, sie in dem von Johannes benutzten Sessel platziert. Immer dann, wenn ihre Erregung und Wut sich gesteigert hatte, stach sie mit einem langen Küchenmesser wie besinnungslos mehrmals auf die Puppe ein, wobei sie anschließend in einen heftigen Weinkrampf verfiel. Einige Male musste sie sich aus ihrem Rollstuhl unter Mühen erheben, um die gewünschten Stellen zu erreichen. Das Gesicht der Puppe, dem Original nur entfernt ähnlich, hatte sie vorher regelmäßig zur Seite gedreht. Es dauerte einige Wochen, bis sie sich so abgearbeitet und die ganze Angelegenheit einigermaßen verarbeitet hatte. Die Wohnung jedoch verließ sie weiterhin nicht. Eine ältere Nachbarin half ihr so gut es ging. Sie wunderte sich, wie häufig Helga sich die wenigen Fotografien besah, die immer in ihrer Nähe griffbereit lagen. Auf diesbezügliche Fragen erhielt sie keine Antworten, nahm nur das verträumt verklärte Gesicht ihrer Nachbarin wahr. Während Helgas letzten Betätigungen an der Puppe, sie hatte diese inzwischen in ihrem Bettkasten verstaut, erlebte Johannes seltsamerweise in Träumen wiederholt das Tötungserlebnis wie einst und, damit verbunden, dieses unbeschreibliche Gefühl von Erleichterung. Wenn er erwachte, war er heilfroh, nicht Frau und Schwester in seiner Nähe zu haben. Er ahnte nicht, dass sie sich heimlich vor seiner Zimmertür aufhielten, um ihm gegebenenfalls rechtzeitig zu Hilfe zu kommen. Seine späteren zaghaften telefonischen Versuche scheiterten: Helga hatte sich eine neue Telefonnummer geben lassen. Nur selten noch schlich er an ihrem Haus vorbei und sah zu den spärlich erleuchteten Fenstern hoch, hinter denen eine einsame Frau im Rollstuhl saß und wartete.

Begegnungen im Nebel

Es war einer jener Tage, an denen man nur ungern sein Zuhause verlässt, nasskalt und nebelig trüb. Natürlich war es auch November und wie üblich gab es in der großen Stadt bereits diverses Weihnachtsgebäck und andere süße Naschereien, was für manche Leute schon den Höhepunkt des Jahres einleitete, darunter sicher auch einige Zahnärzte, und sie für die graue Wirklichkeit entschädigte. Keineswegs dachte so die junge, gut aussehende Frau von schlanker, hochgewachsener Figur, mit langer blonder Haarpracht, der in Abständen aber regelmäßig nachgeholfen werden musste. Eilig verließ sie in der Frühe das große alte Mietshaus, auf dem Weg zur täglichen Arbeit, um die Bushaltestelle rechtzeitig zu erreichen. Überall lag das nasse Laub herum, sie konnte kaum einen Meter weit sehen. Den Weg durch den schmalen Grünstreifen kannte sie in- und auswendig. In Gedanken war sie bereits im Büro der bekannten Speditionsfirma, die überall im Land Filialen besaß. Sie freute sich auf den zu erwartenden heißen Morgenkaffee. Aus dem gegenüberliegenden Haus in ihrer Straße entfernte sich wenige Minuten später ein junger Mann, ebenfalls gut aussehend, doch wesentlich jünger als Katarina. Er war krankhaft verliebt, beobachtete sie schon seit einigen Monaten. Sein Studium litt darunter zunehmend, nachts fand er kaum Schlaf, seine Gedanken kreisten nur um sie. Er hatte nicht den Mut, sie anzusprechen, fühlte sich ihr gegenüber unterlegen. Als er an der Haltestelle ankam, stand Katarina noch dort, der Bus hatte Verspätung. Verlegen lächelte er ihr zu, doch sie schien ihn nicht zu beachten. Der Nebel nahm zu, aus- und einsteigende Leute beeilten sich mehr als sonst. Er hatte Glück, sein Sitzplatz befand sich dem von Katarina sehr nah. Unbemerkt von ihr konnte er sie ausgiebig beäugen und sein Verlangen steigerte sich enorm, seine Phantasie entwickelte die aufregendsten Bilder. Katarina Holm ahnte von alledem nichts. Ihre letzte Beziehung lag erst kurze Zeit zurück, momentan genoss sie ihr Alleinsein sogar. Die krankhafte Eifersucht dieses Mannes hatte sie einfach nicht mehr ertragen können. Noch wochenlang nach ihrer Trennung belästigte er sie auch telefonisch, sie musste daher ihre Rufnummer ändern, was ihr überhaupt nicht angenehm war. Abwesend sah sie durch das beschlagene Busfenster, nichts als Nebel ringsherum, der Bäume und Fahrzeuge nur schemenhaft preisgab. Katarina erhob sich plötzlich und verließ eilig den haltenden Bus, fast hätte sie die Haltestelle nicht erkannt. Der junge Student sah ihr enttäuscht nach und fuhr ziellos weiter, die Vorlesung würde er einfach ignorieren. In Sekunden war seine Traumfrau vom Nebel verschluckt. Die Arbeit nahm Katarina voll in Anspruch, kaum dass sie zur Mittagspause kam. Die Kollegen waren meist übellaunig, nur gut, dass der Chef auf einer Dienstreise war.

Endlich, am späten Nachmittag, verließ sie das Büro. Die Luft tat ihr gut, obwohl der Nebel wieder dichter geworden war. Die einsetzende Dunkelheit machte alles noch unwirklicher. Die fahlen Lichter der Straßenleuchten sahen aus wie gefährliche Drachenaugen. Katarina fröstelte leicht, als sie die Haltestelle erreichte. Sie lief einige Schritte hin und her, überlegte, schnell eine Zigarette zu rauchen, doch sie musste es sich nun wirklich abgewöhnen, entschied sie. Nervös ließ sie die rechte Hand in der Manteltasche verschwinden und zauberte einen Bonbon hervor. Heute würde sie früh schlafen gehen, vielleicht noch ein wenig lesen. Endlich kam der Bus, sie stolperte leicht beim Einsteigen. Die Menschen hatten alle den gleichen Gedanken: Nur schnell nach Hause bei diesem Wetter. Für eine Weile schloss sie die ausdrucksvollen Augen und dachte an nichts. Nur wenige Leute verließen neben ihr anschließend den Bus, sogleich verschwunden im nasskalten Nebel. Bis zum langgezogenen Grünstreifen war es nicht weit, die Beleuchtung dort war selbst in deren Nähe nur als diffuses gelbliches Gebilde zu erkennen. Katarina zögerte unbewusst einen Moment und schritt dann zielstrebig los. Sekunden später war sie nicht mehr zu sehen. Plötzlich, wie aus dem Nichts, sah sie vor sich eine dunkle menschliche Masse auf sich zukommen. Katarina erschrak. Gott sei Dank erkannte sie wenig später ihre füllige Nachbarin unter ihr, eine ältere freundliche Dame. Erleichtert grüßte sie und ging rasch weiter. Sie hatte etwa die Hälfte des Weges zurückgelegt, als sie panische Ängste verspürte, irgendwer war in ihrer unmittelbaren Nähe! Blitzschnell sprang aus einem seitlichen Gebüsch eine große schlanke Gestalt auf sie zu und versuchte, sie hinterrücks mit voller Kraft auf den Boden zu reißen. Am Boden liegend verspürte sie den würgenden Griff langer, kräftiger Hände. Sie wehrte sich und versuchte zu schreien, aber ihre Kräfte ließen rapide nach, die Atmung wurde schwach. Die Gestalt über ihr trug eine wollene Mütze mit Sehschlitzen, niemand war in der Nähe, um zu helfen. Der Fremde zerrte wie besessen an ihrer Hose, fast schon verlor sie dabei die Besinnung. Dann, wie abgesprochen, kam jemand zu Hilfe, warf sich auf den Angreifer und befreite Katarina aus ihrer bedrohlichen Lage. Er zog sie hoch und drückte sie ungestüm an sich, was Katarina, noch immer benommen, willenlos mit sich geschehen ließ. Ihr Angreifer nutzte diesen Moment, sich aufzurichten und eilig im Nebel zu verschwinden. Katarina kam langsam wieder zu sich, atmete heftig. In den Armen ihres Retters vernahm sie dessen hastig auf sie einredende Stimme. Es war die ihres letzten eifersüchtigen Freundes, von dem sie sich wohlweislich getrennt hatte. Trotz ihrer Situation stieg eine heimliche Wut in ihr auf. Er bestand darauf, sie nach Hause zu begleiten, was sie widerspruchslos hinnahm. Während des restlichen Weges redete er pausenlos auf sie ein, machte ihr Vorhaltungen und teilte mit, nicht von ihr lassen zu können. Katarina vernahm alles wie in einem schlechten Film. Geschwächt und mitgenommen vom Überfall gelang es ihr dennoch, den Retter vor ihrem Hauseingang zu verabschieden, versprach sogar auf sein Drängen hin, ihn bald anzurufen.

In ihrer Wohnung endlich angekommen, fiel sie erschöpft in den erstbesten Sessel im Wohnzimmer und schloss die Augen. Das soeben Erlebte lief erneut mehrmals vor ihrem inneren Auge ab. Wer konnte der Angreifer sein? Sollte sie die Sache bei der Polizei anzeigen? Fragen über Fragen! Den Verflossenen würde sie natürlich nicht anrufen, trotzdem, wenn er nicht gewesen wäre … Sie müsste alles noch einmal genau überdenken, morgen würde die Welt wieder anders aussehen. Auf jeden Fall würde sie mit Rita darüber sprechen, Rita, ihre engste Freundin, mit der sie schon einiges erlebt hatte. Plötzlich verspürte Katarina wahnsinnigen Hunger. Schnell bereitete sie sich ein Essen zu und eine große Kanne Kaffee. Vorher trank sie eine ganze Flasche Wasser aus, stilles natürlich. Sie fühlte sich nun wieder wohler. Rita konnte sie jedoch nicht erreichen, obwohl sie es öfter versuchte. Sie lüftete das Zimmer und betrat den Balkon, sah in die nebelige Nacht. Direkt gegenüber bemerkte sie ein erleuchtetes Fenster, hinter dem eine Person undeutlich zu erkennen war. Wer mochte das sein? Dann, spontan, fiel ihr der junge Mann ein, den sie manchmal im Bus gesehen hatte. Schnell ging sie in ihr Zimmer zurück, schloss die Balkontür zu und schaltete das Zimmerlicht aus. Sie sah, wie auch dort drüben das Licht verschwand. Sie überlegte angestrengt, war er vielleicht der Täter? Andererseits, erinnerte sie sich, er hatte sie immer sehr freundlich gegrüßt, vielleicht war er sogar verliebt in sie? Sollte sie darauf eingehen, um von dem Verflossenen nicht mehr belästigt zu werden? Probleme über Probleme, aber nicht mehr heute Abend zu lösen! Ohne große Aufmerksamkeit sah sich Katarina noch einen Fernsehfilm an. Als in diesem eine Frau überfallen wurde, schaltete sie das Gerät sofort aus. Sie hatte genug mit sich zu tun! Lange Zeit konnte sie keinen Schlaf finden, wälzte sich hin und her. Ebenso der junge Mann gegenüber, der sich selbst hasste, sich die größten Vorwürfe machte, eine solch abscheuliche Tat begangen zu haben. Wie von Sinnen war er gewesen und doch hatte er alles vorher genau geplant. Sein eines Ich fürchtete sich vor dem anderen! Sollte er der Angebeteten alles gestehen und versuchen, es zu erklären? Er kam zu keinem wirklichen Entschluss. Erst einmal dürfte er Katarina auf keinen Fall begegnen. Eventuell würde er später den Mut dafür aufbringen. Ob sie ihm überhaupt jemals verzeihen würde? Den Wunsch, sie zu besitzen, könnte er niemals aufgeben, das stand unabänderlich fest. Wer nur der Mann war, der Katarina befreit hatte? Völlig unbekannt kam er ihm nicht vor. Endlich fand er ein paar Stunden Schlaf, träumte von Katarina und seiner Liebe zu ihr. Auch der dritte Beteiligte an dem ungewöhnlichen Zwischenfall fand nicht den ersehnten Schlaf. Dass er

Katarina schon einige Zeit beobachtete, hatte sich ausgezahlt. Er hatte sie vor dem Schlimmsten bewahren können, sie musste ihm einfach dankbar sein, seine Chancen standen somit gar nicht so schlecht. Wer dieser Kerl nur war? Auch das würde er noch herausbekommen!

Am nächsten Tag, nach dem unangenehmen Geschehen, sah die Welt tatsächlich wieder freundlicher aus. Der Nebel war verschwunden, es wehte ein kräftiger Wind und sogar die Sonne zeigte sich einige Male bei ungewöhnlich milden Temperaturen. Katarina hatte die Sache zwar nicht vergessen, jedoch soweit verarbeitet, dass sie sich mit Rita öfter traf, um gemeinsam einiges zu unternehmen. Sie hatte der Freundin alles haargenau berichtet. Rita riet ihr, zunächst überhaupt nichts in dieser Angelegenheit zu tun. Vielmehr wären jetzt angenehme Ablenkungen angebracht. Rita sah übrigens Katarina ziemlich ähnlich. Wenn sie gemeinsam ausgingen, waren sie oftmals als Schwestern betrachtet worden. Auf einer Vorweihnachtsfeier der Firma hatte Katarina ihre Freundin mitnehmen können. Den beiden wurde beachtliche Aufmerksamkeit gewidmet, waren sie doch wirklich sehr attraktiv. Einige Tage danach bot Katarinas Chef ihr an, eine neue Stelle in Kürze anzunehmen, in einer anderen Stadt, aber bei einem sehr guten Gehalt. Sie überlegte nicht lange, könnte sie doch so allen noch folgenden privaten Komplikationen aus dem Wege gehen. Bisher hatte sie weitere Belästigungen ihres Exfreundes in Abständen ertragen müssen, sein ständiges Beobachten und Auftauchen in ihrer Nähe, seine Anrufe in der Firma, seine schriftlichen Vorwürfe und Forderungen. Auch der junge Mann von gegenüber verhielt sich irgendwie aufdringlich, ständig war er zugegen, ob an der Haltestelle, wenn sie losfuhr oder ankam, oder auch in der Nähe des Hauses. Einige Male hatte er stotternd versucht, sie einzuladen, was sie aber dankend ablehnte. Er wurde ihr unbewusst immer unangenehmer und sie mied ihn, wo sie nur konnte. Katarina und Rita waren sich inzwischen einig geworden: Rita übernahm Katarinas Wohnung, als sie die Stadt verließ. So war der Aufwand nur gering, das wenige Gepäck leicht verstaut. Kaum jemand hatte überhaupt den Wohnungswechsel bemerkt. Das Namensschild der Klingel blieb bewusst für einige Zeit unbeschriftet. Katarina hatte Rita gebeten, so weit wie möglich die Kleidung der ihren anzupassen, und auch ihr Äußeres entsprechend zu verändern, was nur wenig Mühe bedeutete. Die beiden machten sich einen Spaß daraus, gewisse Leute auf die falsche Fährte zu locken. Katarina war zufrieden mit ihrer neuen Arbeit, traf sich oft mit Rita in ihrem neuen Zuhause. Wenn diese ihr ausführlich berichtete, von zwei Männern, die sich gegenseitig belauerten und bedrängten, ihr sogar etliche Male gemeinsam nachliefen, konnte sich Katarina eines befreienden Lachens nicht enthalten. Sie hatte inzwischen einen Verehrer kennengelernt, der ihr sehr zusagte, aber überstürzt würde sie diesmal auf keinen Fall handeln! Rita musste die Bedrängnisse noch einige Zeit ertragen, bis die beiden Figuren endlich die Wirklichkeit erkannten und nicht mehr im Nebel tappten: Sie bekam jetzt regelmäßig Besuch von einem wirklichen Mann, der auch Katarina zufällig beruflich gut kannte.

Das Bauwerk

Dieses Gebiet der Stadt sah schlimm aus. Es war ein riesiges verwahrlostes ehemaliges Fabrikgelände mit leer stehenden heruntergekommenen Gebäuden, zum Teil zugemauert, beschädigt, zum kleinen Teil saniert, genutzt von kleineren Unternehmen und auch Mietern. Eine größere ehemalige Werkhalle war zu einem mittleren Hotel umfunktioniert worden. Der Umbau umfasste nur etwa ein Drittel, der Rest stand noch leer, diente als Reserve, wenn das Geschäft einmal besser laufen sollte. Man hoffte sehr auf die weitere Belebung der Gegend. Severin hatte das alles kaum mitbekommen. Er war spätabends mit dem Auto angekommen, todmüde, froh, ein Zimmer beziehen zu können, um endlich auszuruhen. Erst am nächsten Vormittag registrierte er, in welcher tristen Gegend er sich befand. Severin war im technischen Kundendienst einer größeren Firma tätig, hatte sich über die Jahre in seine Position hochgearbeitet. In gewisser Weise war er stolz darauf, wenn er auf sein bisheriges Leben zurückblickte. Schon in jungen Jahren war er fast auf sich allein gestellt, da Vater und Mutter früh gestorben waren. Er freute sich auf den nahenden Ruhestand. Wie rasch war die Zeit vergangen, wie wenig Ereignisreiches hatte sich in seinem Leben abgespielt, überlegte er, als er von seinem Zimmer aus die ganze Trostlosigkeit hier in Augenschein nahm. Wie gern hätte er Architektur studiert, aber das war schon finanziell einfach nicht möglich gewesen. In wenigen Jahren schon würde er sich diesem Interessengebiet ausgiebig widmen und seine zahlreichen Ideen zumindest theoretisch verwirklichen können. Jetzt aber hieß es, seine Arbeit hier in dieser Stadt zu erledigen, die vielen Termine pünktlich wahrzunehmen. Gott sei Dank hatte er heute am Sonntag frei! Er beschloss, die nähere Umgebung zu besichtigen, sie reizte ihn förmlich, sein architektonisches

Wissen zu erproben. Es war früher Abend, als er wieder in sein Hotel zurückkehrte. Der kalte Herbstwind hatte ihm gutgetan, er fühlte sich wieder frisch und munter. Im Hotel waren nur wenige Menschen zu sehen, anscheinend waren etliche abgereist. Die nette junge Dame von gestern Abend an der Rezeption war leider nicht zu sehen, nur ein älterer Herr, der, so stellte Severin sogleich fest, eine gewisse Ähnlichkeit mit ihm hatte. Im kleinen Restaurant nahm er ein einfaches Abendessen zu sich und begab sich anschließend mit dem Fahrstuhl auf sein Zimmer im vierten Stockwerk. Nach den Fernsehnachrichten ging Severin bald in sein frisch bezogenes Bett, las noch eine Weile in seinen dienstlichen Unterlagen und war schon wenige Minuten danach fest eingeschlafen. Er träumte die merkwürdigsten Dinge, schreckte mehrmals hoch, als er vermeinte, seltsame Geräusche zu hören.

Severin sah auf die Uhr: drei Uhr vierzehn. Er lauschte angestrengt und schaltete die Leselampe über dem Bett an, dabei glaubte er, schleppende Schritte weit hinten im langen Flur zu hören. Leise erhob er sich und schlich zur Tür, vorbei am kleinen Badezimmer. Auf dem endlosen Flur brannte nur schwaches Licht, vorsichtig spähte Severin nach links und rechts. Hinten, nach links, am Ende des Ganges, stand eine Tür nur wenig offen, die aber nicht zu einem Zimmer führen konnte. Auf dieser Seite lagen keine Gästezimmer, denn es war die Front zum angrenzenden ungenutzten Industriegebäude. Severin hatte es schon bei seiner Ankunft festgestellt. Ohne lange zu überlegen zog er sich hastig an, steckte Taschenlampe und Taschenmesser ein, schloss sein Zimmer ab und ging fast geräuschlos in Richtung der bewussten Tür. Es herrschte tiefe Stille im ganzen Haus, kein Mensch war zu sehen. Es war eine niedrige unauffällige, schwere eiserne Tür, kaum sichtbar, wenn sie geschlossen war. Klopfenden Herzens betrat Severin den dunklen Raum dahinter und knipste seine Lampe an. Was er sah, verwunderte ihn leicht: Vor ihm zog sich eine dunkle Steinwand hin, parallel zum Hotelflur, zwar länger, aber nur etwa zwei Meter im Abstand zu der Eisentür. Severin beschloss, sich zunächst nach links zu wenden, schritt sie so lange ab, bis er auf eine ebensolche traf, die sich im rechten Winkel anschloss. Auch diese Wand lief er ab.

Über sich sah er nur Dunkelheit, die Wände selbst schienen in der Höhe zu verschwinden. Wiederum schloss eine andere Wand rechtwinklig an. Im Licht seiner schwachen Lampe sah er an einigen schwarzen Flächen einzelne exotische Zeichen, die er nicht deuten konnte. Severin vermutete richtig. Nach wenigen Minuten war eine weitere Wand sichtbar. Das Ganze war ein riesiges geschlossenes Viereck, wahrscheinlich nach oben hin offen, nur an einer Stelle durch eine kleine hölzerne Tür zugänglich. Voller Neugier öffnete Severin diese behutsam. Für einen Moment blieb er völlig ratlos. Erneut sah er vor sich einen schmalen Gang vor einer riesigen langen schwarzen Wand, ebenfalls ohne Fenster oder andere Öffnungen. Diesmal lief er rechts entlang und stieß abermals auf eine rechtwinklig angrenzende weitere. Nach einiger Zeit hatte er den ganzen steinernen Kasten umschritten. Der Weg war noch schmaler als zuvor. Einen Moment später hatte er eine Tür an gleicher Stelle entdeckt. Er öffnete sie und hörte in der Stille nur seine eigene Atmung. Noch immer fand er keine schlüssige Erklärung für das Entdeckte. Im Taschenlampenlicht sah er vor sich eine gleiche Anordnung wie bisher: ein schwarzes, steinernes riesiges Viereck ohne erkennbaren Deckeneinzug. Nichts Gegenständliches hatte er bisher in diesem labyrinthähnlichen Bauwerk ausmachen können, nur die vereinzelten fremden Symbole an den Mauern. Anscheinend war das Gebilde direkt in die Werkhalle hineingebaut worden.

Seine Aufmerksamkeit nahm deutlich zu, als er von fern ein schwaches langgezogenes Stöhnen vernahm, was ab und zu unterbrochen wurde. War jemand kurz vor ihm hier eingedrungen? Wenn ja, wer und warum? Severin fror leicht, er hätte sich doch wärmer anziehen müssen! Nochmals schritt er einen weiteren viereckigen Würfel in der Dunkelheit ab, wobei er feststellte, dass die riesigen Vierecke in der Höhe abnahmen, vielleicht bewusst proportional aufeinander abgestimmt. Gleichzeitig verspürte er einen Luftzug von oben, was seine Beobachtung zu bestätigen schien. Sein architektonisches besonderes Interesse wurde dadurch immer mehr geweckt. Er musste der ganzen Sache auf den Grund gehen! Nicht einen Augenblick dachte er an seine drängenden Terminverpflichtungen. Während des Weitergehens lauschte er auf das anhaltende Stöhnen, dem er Schritt für Schritt näher kam. Behutsam öffnete er schließlich die am richtigen Ort vermutete und gefundene Holztür im letzten steinernen Viereck. Was seine aufgerissenen Augen zu sehen bekamen, war äußerst befremdlich, milde ausgedrückt, wie Severin sich selbst innerlich ermutigte. In der Mitte des steinernen Vierecks befand sich ein kleiner einzelner hölzerner Raum, natürlich viereckig, mit hölzerner Decke und elektrischem Licht. Zusätzliches Licht kam von einer Tischlampe, die auf einem riesigen dunklen Holztisch stand. Der Tisch war lackiert, kam höchstwahrscheinlich aus Südostasien, wie Severin annahm. Auf dem Tisch stand eine Götterfigur, vor der zwei winzige Kerzen brannten. Hinter dem Tisch war ein Bett zu sehen, in dem ein alter dünner Mann lag mit riesigen Augen und spärlichen weißen Haaren. Das Stöhnen war verstummt. Die dunklen Augen blickten aus dem totenschädelähnlichen Kopf starr zur Decke empor. Neben dem Tisch, unter dem diverse Eimer und Behälter standen, saß auf einem Stuhl der ältere Herr von der Rezeption, der Severin erstaunt anklagend musterte. Schließlich winkte er Severin wortlos heran, wies ihn an, auf dem Bettende Platz zu nehmen, was dieser nur widerstrebend tat. Hinter einem Vorhang in einer Ecke konnte er dabei ein Waschbecken erkennen. Erst jetzt bemerkte er an den Wänden auch zahlreiche ungewöhnliche architektonische Entwürfe, die für ihn auf den ersten Blick völlig rätselhaft waren. Äußerst merkwürdig war es jedoch, dass der alte kranke Mann große Ähnlichkeiten mit dem Herrn von der Rezeption hatte. Mit monotoner leiser Stimme fing dieser unaufgefordert zu sprechen an. Severin hörte gebannt zu, warf verstohlen einen Blick ab und an auf den Kranken. Was er erfuhr, war nahezu unglaublich. Auf jeden Fall, um das Wichtigste zu erwähnen, war der ehemals international berühmte Architekt S. seit Jahren einer schweren geistigen Erkrankung ausgesetzt, die ihn gezwungen hatte, auch dieses ungewöhnliche Bauwerk zu verwirklichen. Wahrscheinlich war er mit ähnlichen Vorhaben auch auswärts befasst gewesen, als er noch gesund war. Sein jüngerer Bruder, der Hotelbesitzer, musste dem in allem zustimmen, da seine finanzielle Lage fast ausschließlich durch das Vermögen des Bruders bestimmt war.

So ließ er einen Teil des Bauwerks als Hotel ausbauen, um einerseits Einnahmen zu erzielen, andererseits, um jederzeit in unmittelbarer Nähe des Erkrankten sein zu können, denn dieser weigerte sich vehement, jemals die hölzerne Kammer genau in der Mitte des Labyrinths wieder zu verlassen. In seinem Wahn nahm er an, im geistigen Zentrum einer einzig von ihm errichteten Welt zu existieren, die nur wenigen Auserwählten einen Zugang erlaubte. Schließlich verstummte die monotone Stimme und der Hotelbesitzer sah Severin traurig an. Das furchtbare Stöhnen hatte während der seltsamen Mitteilungen vollständig aufgehört. Stattdessen setzte zeitweilig eine leise Melodie ein, wobei Severin verborgen blieb, wie sie tatsächlich zustande kam. Beide Männer besahen sich den Kranken nochmals genauer. Dessen nun eindeutig tote Augen starrten noch immer zur hölzernen Decke empor, bis sein jüngerer Bruder sie ihm mit langsamer Bewegung schloss. Schweigend verließen sie die unwirkliche Stätte. Es dauerte einige Zeit, bis sie den Hoteltrakt wieder erreichten. Es war noch früher Morgen, als Severin wieder sein Zimmer betrat. Nach einer ausgiebigen Dusche bestellte er sich ein großes Frühstück, von dem er dennoch das meiste übrig ließ. Er hatte dem Hotelbesitzer versprochen, mit keinem Menschen über die Angelegenheit zu sprechen. Alle seine Kundenbesuche sagte er für den heutigen Tag ab. Den ganzen Tag beschäftigte ihn die Tatsache, dass der ehemals berühmte Architekt einen Namen hatte, der mit seinem übereinstimmte. Keineswegs glaubte er an die Möglichkeit, ein ähnliches Schicksal zu erleiden, wenn er im baldigen Ruhestand damit endlich beginnen könnte, die vielen ausgefallenen architektonischen Entwürfe anzufertigen, die ihn in letzter Zeit so sehr beschäftigten. Lange stand Severin vor seinem Fenster, von dem Bauwerk war von hier nichts zu sehen. Trotzdem kam es ihm nicht mehr aus dem Sinn, reihte sich ein in sein besonderes Gedankenregister. Nachdem er seine Arbeit in der Stadt endlich beendet hatte, reiste Severin schnellstmöglich ab. Die junge Dame am Empfang traf er bedauerlicherweise nicht mehr an. Ob diese nähere Einzelheiten über den Verstorbenen wusste? Der Hotelbesitzer hatte ihm vor der Abreise in freundlichster Weise angeboten, jederzeit wieder willkommen zu sein, ohne jeglichen Kostenaufwand. Severin dachte darüber lange nach, kam aber nicht zu einer Entscheidung. Manchmal, als er längst wieder zu Hause war, fürchtete er sich vor seinem eigenen Namen und sah dabei deutlich den berühmten kranken Architekten vor seinem inneren Auge. Ob er stark genug war, gewissen Bedrängnissen zu widerstehen? Niemand konnte ihm diese Herausforderung abnehmen.

Puppenspiele

Vorsichtig und neugierig zugleich versuchte die Frau in den besten Jahren, das soeben abgegebene rechteckige Päckchen zu öffnen. Es war an ihren Mann adressiert, der wieder einmal nicht zu Hause war. Die Absenderin war ihr unbekannt, deren Schrift kaum zu entziffern. Schon bald verschloss sie den Karton wieder sorgfältig, nachdem sie ihn an einer unauffälligen Stelle durchlöchert hatte. Ihren aufkeimenden Ärger bezwang sie nur mit Mühe. Natürlich war es wieder eine Puppe, von denen ihr Gatte, Hochschullehrer für Mode und Design im Ruhestand, erst seit den letzten zwei Jahren unermüdlich viele in allen Variationen gesammelt hatte, kaum dass sie zu Hause noch unterzubringen waren. Mit Schwung stellte Frau Hölzenbein das Päckchen auf dem Schreibtisch im Arbeitszimmer ihres Mannes ab. Wie es hier bloß wieder aussah! Überall Unordnung, dazu noch die vielen Kartons, die sich bis zur Zimmerdecke stapelten. Frau Hölzenbein bezwang sich jedoch, in den Unterlagen und Materialien ihres Mannes herumzustöbern. Ihr war bewusst, dass er jede kleinste Veränderung sofort wahrnehmen würde. Im großen Flurspiegel besah sie sich anschließend eine kurze Weile. Sie war noch immer attraktiv, von ansehnlicher Figur, bis auf die Taille, wo sich unerwünschte Zellen sichtbar angereichert hatten. Seit dieser Puppensammelmanie hatte sich das Verhältnis beider Ehepartner merklich verändert. Herr Hölzenbein ging seiner Frau meist aus dem Wege, kam oftmals erst spät nach Hause, was seine Frau nur schweigend kopfschüttelnd zur Kenntnis nahm. Ihre gemeinsame Tochter, neuerdings liiert mit einem jüngeren Fernsehregisseur, hatte die Differenzen zwischen den Eltern natürlich auch bemerkt. Noch mehr belastete aber auch sie das besondere Hobby des Vaters, sie machte sich ernsthafte Gedanken um ihn, hatten sie sich doch früher immer gut verstanden. Andererseits, in gewisser Weise war er von jeher ein Egoist gewesen. Frau Hölzenbein seufzte hörbar vor sich hin, ihre Probleme müsste sie demnächst eingehend mit der Tochter besprechen. Sie saß in der geräumigen Küche und blickte nach draußen. Es war schönstes Wetter. Sie sollte mal wieder öfter spazieren gehen, stellte sie gedankenverloren fest. Ein schwaches Geräusch drang plötzlich an ihre Ohren. Leise erhob sie sich und spähte durch die nur angelehnte Küchentür. Sie sah gerade noch, wie ihr Mann, bepackt mit mehreren Paketen, behutsam die steile Kellertreppe hinabstieg. Seine Bekleidung war wieder besonders auffallend: rote Hosen, schwarzes Hemd, ein langer grüner Seidenschal, breitkrempiger weißer Hut, gelbe Schuhe, spitz zulaufend, offensichtlich Maßarbeit.

Frau Hölzenbein war zunächst etwas erleichtert, denn mitunter lief ihr Mann auch in historischen oder sehr modisch-eleganten Frauenkleidern herum. Dem Himmel sei Dank war dies von den meisten Nachbarn noch nicht registriert worden, da er es verstand, sich nahezu unbemerkt aus dem Haus zu entfernen. Für sein Verhalten gab er keine Erklärung ab, er verlange lediglich, so erläuterte er ihr einmal, seine künstlerischen Ambitionen zu respektieren. An der Hochschule war er anerkannt gewesen, dessen war sie sich ohne jeden Zweifel gewiss. Frau Hölzenbein konnte daher nicht wissen, warum ihr Mann seine Arbeit dort vorzeitig aufgeben musste. Fast lautlos schlich sie ihrem Gatten hinterher, bemerkte zu ihrer Verwunderung, dass er nicht wie üblich in seinem vollgestopften Hobbyraum verschwand, sondern im großen Kellerbereich neben der Heizungsanlage. Diese Räumlichkeiten waren stets abgeschlossen, aus Sicherheitsgründen, wie ihr Mann sie belehrt hatte. Über den Schlüssel für die schwere Stahltür verfügte er allein, sodass ihr der Zutritt verwehrt war. Bisher hatte sie das auch nie groß bedauert, denn Kelleraufenthalte gehörten nicht zu ihren bevorzugten häuslichen Orten. Sogleich hielt sie ihr Ohr an die Tür. Ihr Mann schien laut zu sprechen, doch verstand sie kein einziges Wort. Es kam ihr wie ein Vortrag vor, denn ähnlich wie bei einer Rede wurden entsprechende kurze Pausen eingelegt, um die Bedeutung des Gesagten zu steigern. Erstmalig empfand Frau Hölzenbein ein lähmendes Angstgefühl. Sie horchte noch intensiver an der Tür und war sich nun ziemlich sicher: Ihr Mann hielt eine Vorlesung, höchstwahrscheinlich zum Thema Mode. Ihre schlimmsten Befürchtungen hatten sich bestätigt. Zweifellos lebte er in einer anderen Welt, zumindest zeitweilig. Außerdem glaubte sie, schwache, nicht genau bestimmbare Geräusche zu hören, die sich langsam zu steigern schienen. Aber was hatte es mit den vielen Puppengestalten wirklich auf sich? Er besaß ja Hunderte, alte und neue, aus verschiedensten Materialien, aus Stoffen, Porzellan, Holz und Plastik, Gummi und Leder, unterschiedlich bekleidet, entsprechend der Modegeschichte vornehmlich Europas. Wahrscheinlich hatte er die meisten selbst besorgt, etliche aber, das wusste sie, waren zugeschickt worden. Waren diese etwa Ausdruck einer verächtlich-spöttischen Geisteshaltung ihm gegenüber von Mitarbeitern, Kollegen oder Studenten? Oder vielleicht eher als Anerkennung für seine Leistungen auf seinem speziellen Fachgebiet gedacht? Fragen über Fragen! Sie musste alles endlich mit ihrer Tochter besprechen, allein könnte sie die Angelegenheit nicht mehr verkraften, fuhr es ihr durch den Kopf, während sie noch immer angestrengt an der Tür lauschte. Dahinter hatte Herr Hölzenbein seit etwa einer Viertelstunde die vermutete Rede gehalten, als ein zunächst kaum hörbarer Lärm einsetzte, der sich von den Geräuschen zuvor drastisch unterschied. Es schien ein Getrappel von unendlich vielen Füßen zu sein, begleitet von entsetzlich fremdartigen Lauten und Tönen, unterbrochen von polternden Geräuschen und anscheinend automatisch erzeugten akustischen Signalen.

Frau Hölzenbein geriet in Panik. Zuerst wollte sie einfach weglaufen, die Treppe hoch und heraus aus dem Haus, nur weg von diesem Ort. Doch ihr Gewissen gebot ihr, dem Mann beizustehen, da dessen dozierende Stimme inzwischen immer leiser geworden war und schließlich nach einem unbeschreiblichen Gepolter gänzlich verstummte. Ihren ganzen Mut zusammennehmend, öffnete sie unter Mühen unendlich langsam die schwere stählerne Tür. Was sie nach und nach zu sehen bekam, konnte sie kaum glauben. Schon wollte sie in einen hysterischen Weinkrampf verfallen, doch das wäre einfach zusätzlich zu anstrengend gewesen, schoss es ihr in Windeseile durch den Kopf, auf dem sich so manche Locke buchstäblich gesträubt hatte. Schließlich war die Tür endlich voll geöffnet. Der Schlüssel steckte von innen. Als ihr Blick das Innere erfasste, verschlug es ihr beinahe doch den Atem. Mitten im Raum, in einer Senke, war ein flacher Hügel zu sehen, gebildet durch Hunderte Puppenleiber, liegend, sitzend in abstrusen Verrenkungen und Zuckungen verharrend. Manche gaben noch einzelne Laute von sich oder vollzogen schnarrende nachlassende Bewegungen, wie in Todeskämpfen. Unter diesem riesigen Haufen bekleideter Puppenfiguren musste ihr armer Mann liegen, wo sonst! Einige wenige Puppen saßen noch auf den gerundeten Holzbänken, ähnlich den Anordnungen in Hörsälen oder auch Theatern, bewegten sich zum Teil wie ferngesteuert schwerfällig von ihren Plätzen in Richtung Mitte des Raumes. Frau Hölzenbein schritt zum Puppenhaufen, stolperte mehrmals, wühlte wie von Sinnen in den Armen und Beinen herum, bis sie endlich ein solches von ihrem Mann herauszerren konnte. Mit aller Kraft zog sie, bis sein Körper und endlich auch sein Kopf sichtbar wurde. Allem Anschein nach war er bewusstlos! Sie schüttelte den leblosen Körper mehrere Male, knöpfte seine Kleidung auf. Wenigstens hatte er keine Verletzungen erlitten, wie sie erleichtert feststellte. Gleich darauf rannte sie nach oben, um Hilfe herbeizurufen. Welch ein glücklicher Umstand, vor ihr standen ihre Tochter nebst Freund. Heftig gestikulierend und kaum Verständliches artikulierend, zog sie die beiden sofort mit sich in den Kellerbereich. Gemeinsam halfen sie dem Verschütteten hoch, der langsam wieder zu sich kam. Dann ging es die Treppe aufwärts, unter großen Anstrengungen, bis hin zum Wintergarten, wo die drei Herrn Hölzenbein vorsichtig auf eine Liege betteten. Seine Tochter gab ihm zu trinken, in kleinen Schlucken, während seine Frau ihn entsprechend zudeckte. Sie war sehr besorgt, denn ihr Mann stieß leise wirres Zeug hervor und seine samtenen dunklen Augen starrten eigenartig abwesend nach draußen. Der junge Fernsehregisseur und die Tochter besahen sich nach einer Weile die Kellerräumlichkeiten genauer. Nur noch wenige Puppenkörper bewegten sich, das Ganze sah gespenstisch aus: ein riesiger Leichenberg in einem unwirklichen künstlichen Licht. Was für einen Aufwand musste der Vater betrieben haben, um das alles zu arrangieren! In der Vertiefung in der Mitte hatte er sogar ein Rednerpult errichtet, wahrscheinlich, um den Hörsaaleffekt zu steigern.

Schließlich löste sich das junge Paar von diesem bizarren Anblick und eilte nach oben. Herr Hölzenbein lag noch immer auf seiner Liege und atmete angestrengt. Frau Hölzenbein schluchzte, keiner sprach ein Wort. Die merkwürdige Bekleidung des Verunglückten wurde erst jetzt wirklich wahrgenommen: schwarzer Talar mit zugehöriger akademischer Kopfbedeckung, die ihm natürlich während des Ansturms der Puppen abhandengekommen war. Unter dem geöffneten Talar ein weißes seidenes Hemd, das sich nur schwer öffnen ließ, um eine weitere Erleichterung der Atmung zu ermöglichen. Jeder der drei Helfenden machte sich seine eigenen Gedanken dazu. Der ehrgeizige junge Fernsehregisseur sah schon vor seinem geistigen Auge eine einzigartige Story entstehen, die er natürlich erheblich vom wirklichen Sachverhalt abweichen lassen musste, um nicht die Entrüstung oder gar Ablehnung der Angehörigen herauszufordern. Trotzdem war die miterlebte Geschichte an sich bereits nahezu unglaublich, vor allem was die tatsächlichen näheren Zusammenhänge betraf. Was hatte Herr Hölzenbein seinen ungewöhnlichen Zuhörern nur vorgetragen? Ob das jemals herauszufinden war? Man beschloss gemeinsam, erst einmal abzuwarten, selbst Herrn Hölzenbein beizustehen, um keinesfalls irgendwelche fremden Leute in die ganze Angelegenheit mit hineinzuziehen. Mittlerweile war es später Abend geworden. Herr Hölzenbein schlief, seine Atmung war fast wieder regelmäßig. Seine Gattin zog sich in den Schlafbereich zurück, Tochter und Freund blieben noch einige Zeit bei dem Kranken, bis auch sie schlafen gingen. Am nächsten Tag sah die Welt schon wieder freundlicher aus. Herrn Hölzenbein ging es erheblich besser, nur das Sprechen bereitete ihm Schwierigkeiten. Bei späteren Recherchen fand der Freund der Tochter ziemlich sicher heraus, dass Herr Hölzenbein sich die Puppenfiguren besorgt hatte, um vor ihnen seinen schier unendlichen Wissensvorrat widerspruchslos vortragen zu können, was aber bedauerlicherweise misslungen war und zu erheblichen Komplikationen geführt hatte. Innerhalb weniger Wochen ließ Frau Hölzenbein sämtliche Puppenfiguren gnadenlos verschwinden, ohne ihren Mann darüber zu informieren. Er saß überwiegend in seinem Arbeitszimmer, sah stundenlang schweigend durch das Fenster und ahnte nicht, dass die vielen gestapelten Kartons längst entleert worden waren. Der Freund der Tochter hielt sich jetzt öfter bei ihm auf, was Frau Hölzenbein im Stillen nicht besonders gutheißen konnte. Sie ahnte durchaus, was der eigentliche Grund hierfür war. Wenn sie ihren Gatten oftmals heimlich beobachtete, im Sessel vor dem Schreibtisch, der nun leergeräumt war, fürchtete sie vielleicht nicht ganz zu Unrecht, was er als nächstes künstlerisches Betätigungsfeld ersinnen würde. Sie jedenfalls war auf alles vorbereitet, Hauptsache, es blieb in der Familie.

Die Flasche

Das Ferngespräch war schon nach kurzer Zeit beendet. Wie immer, war die erwachsene Tochter in Eile. Er kam nicht einmal dazu, über neueste Ereignisse im Urlaub zu berichten. Gedankenverloren starrte er wieder auf das Meer hinaus. Bald wäre es Zeit, sich zum Abendessen im kleinen Speisesaal zu begeben. In einer Woche würde er zu Hause sein, in seiner einsamen Wohnung. Birklers Frau war vor zwei Jahren gestorben, nun war er allein gefahren, zum ersten Mal. Nach dem Essen, er hatte einen Tisch für sich, saß er noch eine Weile auf der vorgelagerten Terrasse und dachte angestrengt nach. Nur wenige Gäste waren hier anwesend, die meisten hielten sich in der Bar auf, aus der die übliche Musik lärmte. Sein neues Geheimnis belastete ihn, gern hätte er mit der Tochter darüber gesprochen. Birkler war pensionierter Polizeibeamter, er kannte die Menschen, wusste um ihre Verfehlungen und Schwächen. Als es bereits dunkel war, ging er hinauf auf sein Zimmer, gerade rechtzeitig, um einer dicken Frau auszuweichen, die zielstrebig auf seinen Tisch zusteuerte. Er hatte einige Biere mehr getrunken als sonst, trotzdem blieb er völlig nüchtern. Aus dem Nachttisch am Bett entnahm er vorsichtig den geheimnisvollen Gegenstand, der ihn so sehr beschäftigte, eine grüne, dickglasige, bauchige Flasche. Rein zufällig war er auf sie gestoßen, als er am langen Strand nach dem Sturm entlanggelaufen war. Erneut untersuchte er sie am kleinen Schreibtisch im Licht der Lampe. Auf einer alten Zeitung rollte er sie hin und her, suchte mit einer Lupe nach Schriftzeichen und Zahlen. Auf jeden Fall war sie sehr alt, so viel stand fest, keineswegs war sie industriell gefertigt worden. Das Innere der Flasche war eine undurchsichtige steinharte Masse. Es gelang ihm nicht, Teile davon zu lösen. Die Flasche war ohne Verschluss gewesen, als er sie aus dem feuchten Sand unter Mühen freigelegt hatte. Zu Hause hatte er genug Zeit, sich mit dem Fund eingehend zu beschäftigen. Vielleicht war sie sogar wertvoll, eine Rarität? Sammler gab es mit Sicherheit auch für solche Dinge! Am Tag vor seiner Heimreise versuchte Birkler erneut, seine Tochter telefonisch zu erreichen, doch niemand meldete sich. Die Flasche hatte er sorgfältig eingewickelt im Gepäck verstaut. Im Handgepäck wäre sie zu auffällig gewesen und er wollte jede Nachfragerei vermeiden. Vielleicht sollte er Kontakte zu entsprechenden Museen aufnehmen, überlegte er auf der Rückreise. In gewisser Weise war sein alter beruflicher Spürsinn wieder erwacht, intuitiv glaubte Birkler, einer großen Sache auf der Spur zu sein, ohne dafür jedoch nähere Anhaltspunkte zu haben. Schon am gleichen Abend dieses Tages, er hatte das Wichtigste zu Hause erledigt, widmete er sich wieder voll und ganz der Flasche.

Bei starkem Lampenlicht und mit einem geeigneten Vergrößerungsglas besah er sie sich in aller Ruhe äußerst gründlich. Nichts deutete auf eine eventuelle Herkunft hin. Birkler begann anschließend, mit einem langen Handbohrer vorsichtig in die harte, steinerne Masse einzudringen. Er schwitzte dabei, so sehr nahm ihn diese Tätigkeit mit. Seinen grauen Augen unter den buschigen Augenbrauen entging nicht die geringste Auffälligkeit. Nach und nach rieselten feinste sandige Gesteinsreste in den langen Flaschenhals, aus dem Birkler diese auf das bereitliegende Papier beförderte, nicht ohne alles genau zu betrachten. Vielleicht würde er einen Edelstein entdecken oder einen kleinen Goldklumpen finden? Zunächst jedoch fand er nur kleinste Muschelreste und winzige Steinchen. Er war inzwischen etwa bei der Hälfte des Flascheninhalts angelangt. Voller Spannung bohrte er vorsichtig weiter. Es war fast Mitternacht, doch Birkler verspürte nicht die geringste Müdigkeit. Was seine Frau wohl zu alledem gesagt hätte? Aber, mit einem Lächeln beruhigte er sich selbst, sie wäre bestimmt so neugierig wie er gewesen. Wieder schwitzte er stark, sein Gefühl hatte ihn noch nie getäuscht, irgendetwas Besonderes würde die Flasche noch preisgeben! Zwei Drittel der Flasche hatte er geleert, dann stieß er auf etwas Glattes, Hartes. Von außen konnte er nichts erkennen, das grüne Glas war einfach zu dick. Mehrmals schüttelte er die

Flasche, stellte sie auf den Kopf, drehte sie einige Male und klopfte vorsichtig gegen sie. Plötzlich, zusammen mit kleinen Gesteinsbrocken, kam eine schwarze Kugel zum Vorschein, etwa so groß wie eine Kastanie. Birkler besah sie sich genauer. Sie war scheinbar stellenweise durchsichtig und ungewöhnlich schwer. Vorsichtig drückte er sie zwischen den Fingern, in der Faust, doch nichts tat sich. Dann hielt er sie dicht ans Lampenlicht, betrachtete sie durch das Lupenglas, jedoch ebenfalls ohne etwas Besonderes zu bemerken. Nach einer Weile meinte er, einen eigentümlichen Geruch festzustellen. Sollte man versuchen, die Kugel mit Gewalt zu zertrümmern? Etwas in seinem Inneren hielt ihn davon ab. Inzwischen war es zwei Uhr geworden. Todmüde ließ Birkler alles stehen und liegen und ging zu Bett. Noch vor dem Einschlafen dachte er an die seltsame Kugel, ohne irgendeine schlüssige Erklärung gefunden zu haben. Die restliche Nacht verlief unruhig, mehrmals erwachte er aus abstrusen Träumen, die ihn in den Orient führten, in staubige Wüsten und einsame kahle Gebirge. In aller Frühe näherte sich Birkler halb unbewusst und noch schlaftrunken langsam seinem Arbeitszimmer. Die schwarze Kugel auf dem Schreibtisch war noch da, aber wie hatte sie sich verändert! Sein Blick heftete sich ungläubig und intensiv zugleich auf diese. Sie war annähernd doppelt so groß wie zuvor, hatte sich anscheinend einige Zentimeter bewegt, und ihre dunkle Farbe war merklich aufgehellt. Hellwach setzte er sich an den Schreibtisch, schaltete die Lampe ein und besah sich unter der Lupe die Kugel erneut sehr sorgfältig. Einige Male glaubte er, im Inneren der Kugel langsame Bewegungen wahrzunehmen.

Sicher waren seine Nerven zurzeit einfach nicht die besten! Warum konnte er auch nichts mit seiner Tochter bereden! Bestimmt hatte sie wieder Probleme mit dem allerneuesten Freund. Vorsichtshalber unterließ es Birkler, die Kugel in die Hand zu nehmen. Gebannt starrte er durch die Lupe, in der vagen Hoffnung auf weitere ungewöhnliche Vorgänge. Langsam wurde es heller im Raum, die Sonne war hinter den Vorhängen zu sehen. Birkler verspürte überhaupt keinen Hunger, seine Neugier war einfach zu sehr geweckt. Im nächsten Moment fuhr er aus seiner Betrachtung erschreckt zurück. Die Kugel hatte sich blitzschnell an einer Stelle geöffnet, eine Art kleinster beweglicher Saugrüssel schwenkte eilig hin und her, schien die Umgebung zu prüfen, bevor er sofort wieder rasend schnell verschwand. Es war nicht zu erkennen, wo genau sich die Austrittsstelle befand. Birkler war fasziniert, es musste also eine Form von Leben sein! Als was aber sollte man es bezeichnen, welcher Art war es zuzuordnen? Mit einer kleinen Zange bugsierte er die Kugel vorsichtig wieder zurück in die leere Flasche und verschloss sie sicher mit einem weit größeren Korken als sonst üblich. Noch mochte er seine Beobachtungen niemandem mitteilen. Als endlich seine Tochter am Nachmittag anrief, erwähnte er nichts von den eigenartigen Geschehnissen. Wahrscheinlich würde sie ihm sowieso nicht glauben. Dabei hatte er mit dem Trinken nach dem Tode seiner Frau schon lange aufgehört. Das Abendessen rührte er kaum an, zu sehr war er mit der Kugel beschäftigt. Den Fernseher schaltete er erst gar nicht ein, es zog ihn zur Flasche in seinem Arbeitszimmer. Er sah aufmerksam durch das Flaschenglas. Anscheinend hatte sich die Kugel im Innern nicht bewegt, durch das Glas sah sie noch größer aus. Vielleicht sollte er sich mit einem diesbezüglichen Fachmann in Verbindung setzen? Seine eigenen Recherchen hatten bisher zu nichts geführt, er hatte keine annähernd ähnlichen Vorgänge ermitteln können. Sollte er mit ehemaligen Kollegen die Sache besprechen? Aber, er war vorzeitig vom Dienst suspendiert worden wegen seiner Alkoholprobleme. Wer würde ihm also schon glauben? Dabei hatte er sein Alleinsein bisher gut gemeistert. Den ganzen Abend dachte Birkler angestrengt nach. Alles, was er gesehen hatte, entsprach den Tatsachen, war nicht Ergebnis einer wie auch immer gearteten Phantasie. Er, als ehemaliger Polizist, war kein Spinner! Sollte er die Flasche also einfach in den Hausmüll werfen? Natürlich, er wäre dann von allen Problemen befreit, aber es war keine wirkliche Lösung, man musste den Dingen auf den Grund gehen, das war er sich selbst schuldig. Am nächsten Tag hatte sich Birkler endgültig entschieden. Er würde mit der Flasche zu seinem Wassergrundstück fahren und allein in aller Ruhe seine weiteren Beobachtungen vornehmen, diese auch genau dokumentieren. Wer weiß, was sich noch alles ereignen würde, wenn man nur nahe genug an der ganzen Sache dranblieb! Es war einfach nur ein besonderer Fall, der wie alle anderen eben auch vollständig aufzuklären war!

Birkler war froh, als er endlich in seinem alten Auto saß, auf dem Wege zu seinem Grundstück. Alles Notwendige hatte er verstaut, natürlich auch die Flasche. Sie lag gut geschützt auf dem Beifahrersitz. Ab und an sah er zu ihr und lächelte dabei still in sich hinein. Er hatte niemandem von seiner Abreise erzählt, wozu auch. Das Wetter war schön, bald wäre er dort, wo er so oft zusammen mit seiner Frau die Ferien verbracht hatte. Immer wieder musste er an den Saugrüssel der Kugel denken, gefangen in der Flasche war sie auf keinen Fall irgendwie gefährlich. Durch das grüne Glas konnte er momentan überhaupt nichts erkennen, auch wenn er es mehrmals versuchte. Die Straße war kaum befahren, alte Bäume standen in voller Blätterpracht links und rechts am Rande. Er fühlte sich gut und war sich sicher, das Rätsel bald zu lösen. Endlich sah er rechts den kleinen Waldweg abzweigen. Es waren nur noch wenige Hundert Meter, bis er vor seinem Grundstück anhielt. Das alte Gartentor war nur leicht angelehnt, es wohnten nur wenige Leute hier in unmittelbarer Nähe, die meisten Grundstücke am See wurden nur in der Saison genutzt. Als Erstes brachte er die Flasche in das kleine Holzhaus und öffnete die Tür zur Terrasse mit Blick auf den See, der Teil einer großen Seenkette war. Birkler atmete tief durch. Er liebte diese Aussicht und diese natürliche Ruhe. Schon bald hatte er die übrigen Sachen aus dem Auto ins Haus geholt. Er machte sich einen Kaffee und legte sich draußen auf die alte Liege mit Blick auf den See. Die Flasche hatte er dicht neben sich gelegt, jederzeit im Blickfeld. Abends erst würde er sich etwas zu essen machen. Es vergingen nur wenige Minuten, bis Birkler fest eingeschlafen war. Sein leichtes Schnarchen störte niemanden, die Fahrt hierher war anscheinend doch ziemlich anstrengend gewesen. Birkler schlief noch immer, als nach etwa einer Stunde sich das Wetter drastisch änderte. Ein starker Wind kam auf, der Himmel war plötzlich völlig grau und es begann, wie aus Kübeln zu gießen. Bereits leicht durchnässt wachte er endlich auf und begab sich schnell ins Haus. Türen und Fenster mussten geschlossen werden, der Regen wurde noch stärker. Birkler fror, rasch heizte er den kleinen eisernen Ofen mit Holzscheiten, von denen er genügend als Vorrat hatte. Der Sturm nahm zu, Birkler machte sich einen heißen Tee, hoffentlich hatte er sich nicht erkältet. Nach dem einfachen Abendessen ging er sofort ins Bett, nebenan im kleinen Raum. Der Sturm rüttelte am ganzen Haus, Birkler lauschte in die dunkle beginnende Nacht. Dann fiel ihm die Flasche ein! Sie war noch immer draußen, er hatte sie einfach in der Eile vergessen. Sollte er sie jetzt im Dunkeln bei dem Wetter suchen? Es wäre wenig sinnvoll, er beschloss, bis zum nächsten Tag zu warten. Er war kaum wach, als es wie wild draußen an der Tür klopfte. Als Birkler endlich öffnete, stand seine Tochter vor ihm. Wütend machte sie ihm Vorwürfe, einfach so zu verschwinden. Dann trat sie eilig herein und durchsuchte zielgerichtet die wenigen Räume, fand jedoch nicht, was sie vermutete. Birkler war inzwischen auf der Terrasse. Es sah hier schlimm aus und auch die Flasche war verschwunden.

Der See lag völlig ruhig da, von Sturm und Regen keine Spur mehr. Die Flasche blieb verschwunden. Seine Tochter schüttelte nur den Kopf, als sie ihren Vater beobachtete. Anscheinend suchte er wie besessen nach etwas. Auf spitze Fragen gab er keine Antworten. Er sah sie nur schweigend lächelnd an und ging anschließend hinunter zum See. Wo mochte die Flasche sein? Im Schilfbereich, auf dem Grunde des Sees, oder schon zurück auf dem Weg ins Meer? Vielleicht war es so einfach am besten! Ihm war es eben nicht vergönnt, das Geheimnis zu lüften. Auf jeden Fall schien die Zeit für die schwarze Kugel keine bedeutende Rolle zu spielen. Ob sie im Tiefschlaf verweilte, bis sie vielleicht erneut gefunden werden wird? Fragen über Fragen! Hinter sich hörte Birkler das Gezeter der Tochter, nicht ständig auf ihn aufpassen zu können. Er drehte sich um und sah durch sie einfach hindurch, lächelnd und in der Gewissheit, etwas erlebt zu haben, was nicht jedem zuteilwerden konnte.

Dollingers Drangsal

Dollinger trat aus dem Haus. Er sah sich mehrmals ängstlich um und lief eilig davon. In seinem Kopf schwirrte es wieder. Seit einem guten Jahr lebte er allein, seine Frau hatte sich von ihm getrennt, ohne die Ehe aufzugeben. Seine Nervosität hatte sich seitdem verschlimmert, kaum dass er anderen Leuten zuhören konnte. Keiner seiner Mitmenschen hatte eine wirkliche Erklärung dafür. Zuerst musste er unbedingt zum Friseur, gleich in einer kleinen Nebenstraße. Wiederholt sah er sich beim Gehen um. Jemand schien ihm zu folgen, ein großer schlanker Mann mittleren Alters im dunklen Anzug. In letzter Zeit hatte er häufiger dieses Gefühl, konnte sich aber keinen Reim darauf machen. Der Friseurladen war fast leer, schon nach wenigen Minuten saß Dollinger vor dem großen Spiegel und sah sich irritiert an. Das also war er, kein Wunder, wie sich seine Frau entschieden hatte! Seine riesigen dunklen Augen brannten ihm und blickten ängstlich aus einem hohlwangigen Gesicht. Das spärliche Kopfhaar war für den alten Friseur keine besondere Herausforderung und rasch bearbeitet. Dollinger ertrug kaum dessen Gerede, gab auf Fragen nur knappe Antworten. Im Spiegel sah er den Unbekannten im dunklen Anzug plötzlich hereintreten. Sollte das nur Zufall sein? Dollinger schwitzte, zahlte hastig und verließ das kleine Geschäft. Draußen fiel ihm ein, dass er kein Trinkgeld gegeben hatte. Als Nächstes sollte er zum Arzt gehen, reine Routine, doch er wollte es hinter sich haben. Der Warteraum war voll besetzt. Endlich war er an der Reihe. Gott sei Dank war alles soweit in Ordnung, wie ihm der jüngere Arzt versicherte. Dollinger zog sich an und bedankte sich. Für eine kurze Weile sah ihm der Arzt nachdenklich nach, wobei ein seltsames Lächeln sein Gesicht verzerrte. Beim Verlassen der Praxis kam ihm erneut der Fremde entgegen. Wortlos gingen beide im Treppenhaus aneinander vorbei. Dollinger schwitzte erneut stark, es konnte kein Zufall sein, aber was sollte das Ganze? Er suchte das nächste Café auf, bestellte Kaffee und sah nachdenklich vom kleinen einzelnen Tisch durch die Schaufensterscheibe. Sein ehemals schönes Gesicht sah grau und blass aus. Auf der Straßenseite gegenüber sah er wieder den anderen. Unruhig rutschte er auf seinem Korbstuhl hin und her. Den nachbestellten Kuchen rührte er nicht an. Gut, dass auch hier nur wenige Gäste waren, die leise Musik beruhigte ihn etwas. Er beschloss, einfach abzuwarten, bestellte sich neuen Kaffee und blätterte nervös in Zeitungen, dabei den Fremden unauffällig aufmerksam beobachtend.

Anscheinend hatte dieser viel Zeit. Lässig rauchend stand er in einem Hauseingang und starrte in Dollingers Richtung. Er winkte der jungen Kellnerin und ließ sich ein Glas Wasser bringen, es war wieder einmal Zeit für eines seiner diversen Medikamente. Sollte er sie nicht einfach absetzen? Blitzartig fielen ihm sogleich die vielen unangenehmen Dinge ein, die ihn so sehr bewegten. Hatte das alles überhaupt eine besondere Bedeutung? Das Röcheln der sterbenden Mutter damals im Krankenhaus, die Selbsttötung seines kranken jüngeren Bruders, die merkwürdigen Tode etlicher seiner Katzen? Manchmal, kurz vor dem Einschlafen, hörte er angestrengt spätabends in sich hinein, sprach sogar mit seinen inneren Organen, Magen, Darm und Leber, denn er war fasziniert von deren Leistungen und überzeugt von positiven Wirkungen dieses Tuns auf sein seelisches Befinden. Dagegen war es ihm immer schwergefallen, die vermeintlich reale Umwelt ausreichend kritisch zu bewerten. Andererseits wären ihm seine künstlerischen Werke niemals so beeindruckend gelungen. Dollinger war sichtlich im Moment erleichtert, der Fremde gegenüber war verschwunden. Beruhte alles auf Einbildung? Schließlich ging es ihm zurzeit nicht besonders gut. Der Termin beim Notar fiel ihm wieder ein, eine Erbschaftsangelegenheit. Er sah auf seine Uhr, legte Geld auf den Tisch und verließ das fast leere Café. Der Bus kam gerade rechtzeitig. Nach vier Stationen stieg er aus und sah zu dem alten großen Miethaus hoch. Der ältere Notar empfing ihn freundlich, die Unterschriften unter die vorbereiten Seiten waren schnell erledigt. Der alte Aufzug brachte ihn mühsam wieder nach unten. Sah er richtig? Wieder glaubte er, den fremden Mann im dunklen Anzug in der Ferne zu sehen. Plötzlich musste er an die verstorbene Mutter denken. Wie lange war er nicht an ihrem Grab gewesen. Wie magisch zog es ihn in großen Schritten zum nahe gelegenen Friedhof. Der große Friedhofsengel mit seinen mächtigen Flügeln über dem runden Toreingang war verschwunden, nur der leere Sockel war zu sehen. Das Grab war gleich in der Nähe. Dollinger entfernte Laub und Unkraut und setzte sich anschließend auf eine kleine Bank. Seinen Vater hatte er nie kennengelernt, und seine Mutter hatte es immer vermieden, über diesen zu reden, all sein Drängen hatte nichts bewirkt. Es waren nur wenige Menschen zu sehen. Eine alte Frau setzte sich neben ihn, wollte reden, aber Dollinger stand auf, zu sehr war er mit seinen eigenen Problemen beschäftigt. Auf dem Nachhauseweg tat sein Kopf wieder mehr weh. Die alte Frau tat ihm plötzlich leid. Am Abend ging er früh schlafen. Später rief noch seine Frau an, versprach ihm Hilfe, wenn er sie benötigen sollte. Schlaftrunken lehnte er dankend ab, nur zu gut kannte er seine Frau, wenn er sie wirklich brauchte, war sie nicht greifbar. Am nächsten Tag fand er eher zufällig in einem Schrank ein Tagebuch von ihr. Natürlich las er es aufmerksam, konnte einfach nicht glauben, was er zur Kenntnis nehmen musste. Den ganzen Tag ging er nicht aus der Wohnung, las immer wieder in den furchtbaren Aufzeichnungen.

Am Abend nahm er nur eine dünne Suppe zu sich, ohne jeden Appetit. Bis weit in die Nacht hinein blätterte er immer wieder kopfschüttelnd das Tagebuch durch. Er war nicht einmal wütend über die vielen Unwahrheiten, eher enttäuscht und traurig. An Schlaf war nicht zu denken, sicher hatte seine Frau auch eine Kopie angefertigt, wollte zudem, dass er dieses Machwerk finden sollte. Die Eintragungen schienen vor knapp zwei Jahren begonnen zu sein, jedenfalls was die Datierungen verrieten. Vielleicht hatte sie aber auch zu einem späteren Zeitpunkt die Angaben einfach hintereinander eingetragen und nur falsche Daten wahllos verwendet? Sicher ließe sich das überprüfen, aber wozu eigentlich, stellte er resigniert fest. Die jeweiligen Eintragungen hatte sie in Abständen von drei, vier Tagen vorgenommen, der überwiegende Teil war frei erfunden, beinhaltete niederträchtige Behauptungen. Ihre steile, leicht gestelzte Handschrift erschien manchmal künstlich leicht zitterig, wahrscheinlich sollte dies ihre innere Bewegung und Anspannung ausdrücken. Welche Raffinesse! Spät in der Nacht war Dollinger sich darüber klar: Der gesamte Text sollte zu der Erkenntnis führen, dass er, Dollinger, unter starken psychischen Störungen litt, verbunden mit unvorhersehbarer teilweiser Gewalttätigkeit. So notierte seine Frau am dritten August unter anderem: »Er bedrohte mich mit einem Messer, um ein Geständnis von mir zu erzwingen, dass ich einen Geliebten habe. Seine Eifersucht war einfach krankhaft.« Geschickt hatte sie es zudem vermocht, einzelne Äußerungen von ihm in einen Gesamtzusammenhang zu stellen, der ihn als nicht mehr zurechnungsfähig erscheinen lassen sollte. Mehrmals flüsterte Dollinger den Namen seiner Frau, während er für eine Weile vom Schreibtisch hochsah, durch das große Fenster, auf die alten wuchtigen Nadelbäume, die in der Dunkelheit langsam ihre oberen Äste bewegten, ihm zuzustimmen schienen in seinem wiederholten ungläubigen Kopfschütteln über so viel Gemeinheit eines sehr nahestehenden Menschen. Die wirklichen konkreten Absichten seiner Frau blieben Dollinger verschlossen, er ahnte lediglich vage Zusammenhänge mit dem fremden Mann im dunklen Anzug. Auf jeden Fall musste sich hinter der ganzen Angelegenheit noch mehr verbergen! Endlich begab er sich zu Bett. Noch lange lag er mit offenen Augen da, fast war er froh, jetzt keine Trauer oder Schmerz über seine Frau zu empfinden. Nur einen kurzen Augenblick zweifelte er, vielleicht bewirkten einige seiner Tabletten seine jetzige Seelenlage? Fast war es früher Morgen, als Dollinger endlich seinen Schlaf fand. Erst am späten Vormittag erwachte er, dennoch fühlte er sich erschöpft und niedergeschlagen. Er erledigte einige dringende Einkäufe und sah die wenige Post durch. Seine Kopfschmerzen nahmen wieder zu. So unternahm er einen längeren Spaziergang, frische Luft würde die quälenden Gedanken verscheuchen, hoffte er. Spätabends erst wieder zu Hause, fühlte er sich erheblich besser. Nach dem Abendessen besah er sich nach langer Zeit seine alten Fotoalben.

Von seinem Vater fand er kein einziges Bild. Ja, die Mutter war eine sehr schöne Frau gewesen, ob sie wohl andere Männer hatte? Er konnte sich nicht entsinnen, vielleicht war er noch zu klein gewesen. Gleich darauf musste er wieder an die alte kranke Mutter denken, die letzten Monate waren eine Qual für sie gewesen. Sein schlechtes Gewissen meldete sich erneut, er hätte einfach mehr für sie da sein müssen. Aber auch beruflich war er zu dieser Zeit sehr gefordert, musste sich behaupten gegen jüngere Konkurrenten in seinem speziellen künstlerischen Fachgebiet. Die Bilder seiner Frau besah sich Dollinger weniger intensiv. Wie hatte er sich nur so täuschen lassen können. Attraktiv war sie schon in frühen Jahren gewesen. Vielleicht war es gut, dass sie keine Kinder bekommen konnte. Die Bilder der Bruders hielt er länger in seinen schmalen schlanken Händen, eigentlich waren sie sich kaum ähnlich. Nie hatte er erfahren können, was den Bruder in den Tod getrieben hatte. Es war erneut sehr spät, als Dollinger zu Bett ging. Am Wochenende ging er in ein kleines Restaurant, in dem er öfter saß, wenn er Zeichnungen einiger seiner Schüler begutachtete. Essen und Preise waren hier einigermaßen angemessen und die Bedienung sehr zuvorkommend. Es regnete stärker, als er noch rechtzeitig das Restaurant betrat. Seinen Schirm hatte er natürlich wieder vergessen! Die nette Kellnerin brachte ihm unaufgefordert sein Glas Rotwein, er bedankte sich und sah in den Regen nach draußen. Die vorbeieilenden Leute waren nur unscharf erkennbar. Plötzlich blieb sein Herz beinahe stehen: Die Tür des Restaurants öffnete sich rasch und herein traten der Notar, sein Hausarzt und, am Arm des Doktors, seine Frau. Sie waren so im Gespräch vertieft, dass sie Dollinger nicht bemerkten. Sollte er einfach zu ihrem Tisch gehen, an dem die drei sich gerade niederließen? Garantiert sprachen sie über ihn, ihr Lachen klang unangenehm in seinen Ohren. Er zahlte rascher als sonst und verließ die Örtlichkeit so schnell, dass es nur die Kellnerin bemerkte. Trotz des leichten Regens ging er in Richtung Bahnhof, hielt unbewusst Ausschau nach dem fremden Mann, der aber nicht zu sehen war. Er fror leicht, ging dennoch über Umwegen nach Hause. Am Restaurant war er absichtlich nicht vorbeigegangen. Die Kellnerin könnte ihm demnächst bestimmt einiges erzählen! Dollinger saß seitlich vor dem großen Fenster, als es klingelte. Unsicher öffnete er die Tür ein wenig. Ein unbekannter Mann stand vor ihr, gut, dass die Tür eine Sicherheitskette besaß. Mit zitternder Stimme fragte Dollinger, worum es gehe. Der Fremde zeigte einen kleinen Ausweis mit Siegel und bat um ein vertrauliches Gespräch. Zögernd ließ Dollinger ihn eintreten. Im Wohnzimmer am runden Tisch wies er auf einen Stuhl und nahm dann selbst Platz. Schweigend hörte er zu, was ihm offenbart wurde. Der Fremde arbeitete im Auftrag einer Versicherung. Über Umwege war er darauf gestoßen, dass man Dollinger entmündigen wollte, demnächst vorhatte, ihn in einer psychiatrischen Einrichtung unterzubringen. Dollinger konnte die weiteren Einzelheiten kaum glauben, die er zu hören bekam.

Sein eigener Hinweis auf eine vermutete Beobachtung seiner Person war für den Fremden nicht überraschend. Alles diente nur seiner eigenen Sicherheit. Für einen Moment atmete Dollinger erleichtert auf, fragte nach, was nun zu geschehen hätte. Der fremde Mann lächelte ihm aufmunternd zu. Er schien ungeduldig zu warten. Dollingers Kopf schmerzte erneut, seine Gedanken verliefen sich, während er ratlos auf den Teppichboden sah. Plötzlich klingelte es erneut. Der Fremde erhob sich sofort und öffnete die Wohnungstür. Dollinger richtete langsam seine Augen auf die Ankömmlinge. Seine Frau, sein Arzt und der ältere Notar sowie ein weiterer Unbekannter. Hilfe suchend blickte er auf den Versicherungsmenschen, der ihn ebenfalls lächelnd ansah, ohne ein einziges Wort der Erklärung abzugeben. Das war zu viel für ihn. Willenlos unterschrieb er alles, was man ihm vorlegte, fast schien es ihm langsam Spaß zu machen. Er hoffte nur, bald seine Ruhe zu finden, mochten sie mit ihm machen, was sie wollten. Und tatsächlich: Wenige Wochen später fühlte er sich wohl unter den vielen Insassen, die vielfach freiwillig und hochgebildet sich für eine Zukunft entschieden hatten, die ihnen ein hohes Maß an Selbstverwirklichung ohne jede Verantwortung verhieß. Dollinger selbst blühte förmlich auf, hatte er doch neue interessante Gesprächspartner in ausreichender Menge gefunden. Einige Wochen später konnte er zufällig in einem der zahlreichen Gänge der Einrichtung seinen Arzt ausmachen, mit dem gravierenden Unterschied, dass dieser nicht mehr weiß gekleidet war. Doch auch das hatte für ihn keine Bedeutung mehr, zumal ihm die neuen Medikamente erheblich besser bekamen.

Auf lauten Sohlen

Die Stille im Haus wurde durch erste Laute des beginnenden Tages beendet. Dies war allgemein hinnehmbar, entsprach es doch den üblichen Abläufen im Leben der Hausbewohner. Dann jedoch, nahezu reflexhaft, erwarteten die Frühaufsteher wie die noch Liegenden das krachende Zuschlagen einer Wohnungstür und anschließend die gnadenlos eilig knallenden Frauenschuhschritte im Treppenhaus, dessen kunststeinerne Treppenstufen die Schuhträgerin geradezu herauszufordern schienen. Dieses regelmäßige morgendliche Lärmpotenzial erschöpfte sich schließlich, wenn die Haustür selbstständig schloss. Fast gleichzeitig schworen einige Mitbewohner wieder erneut Rache für diesen alltäglichen Vorgang. Manche stießen die fürchterlichsten Verwünschungen aus, im vollen Bewusstsein darüber, ohnmächtig dem weiterhin ausgeliefert zu sein. Die knallenden Schritte endeten erst am Auto der Besitzerin endgültig, was vielfach erleichtert horchend verfolgt wurde. So war es nur eine Frage der Zeit, bis sich einzelne Gedankenabläufe damit beschäftigten, wie dem ein Ende gesetzt werden könnte. Dem Mitbewohner der energischen Dame war es allerdings verwehrt, so resolut nachzudenken. Er war bereits älter, nicht mehr ganz gesund und litt an einer Sehschwäche, sodass er sein Schicksal nicht herausfordern konnte. Die jüngere Partnerin war zudem noch schlank und langbeinig, jedoch mit hagerem Gesicht, und schien in jeder Hinsicht zu dominieren. Seine eventuellen Hoffnungen könnten somit nur darin bestehen, dass jemand anderes dieses Problem angemessen lösen würde. Dem entgegen kam der Umstand, dass aus Reinlichkeitsgründen die Schuhe von beiden immer vor der Wohnungstür abgestellt waren. Die übrigen Mitbewohner besprachen das morgendliche Lärmproblem niemals gemeinsam, höchstens leise im Treppenhaus unter vier Augen, wenn sie einander scheinbar zufällig begegneten. Wie immer gab es Wagemutige und Entschlossene, Bedächtige und Bedenkenträger, Ängstliche und einzelne einfach Uninteressierte. Wie auch wollte man die Lärmbelästigung unterbinden, ohne körperliche Beeinträchtigungen oder gar Verletzungen in Kauf zu nehmen? Gutes Zureden, das war prinzipiell klar, würde aber keinen Erfolg haben! Es war der Ehemann, der vorsichtig in mehreren Gesprächen darauf hinwies, dass er oft Schwierigkeiten im Schuhanziehen habe, aufgrund seiner eingeschränkten Sehfähigkeit. Er erwähnte auch gewisse Gefahren, die damit verbunden sein könnten. Dabei sah er sein Gegenüber mit blinzelnden Mäuseaugen und einem schüchternen Lächeln an. Man hörte ihm meist aufmerksam zu und merkte sich seine Äußerungen sehr genau.

Schließlich hatte sich eine alleinstehende ältere Dame entschlossen, im Sinne der Mehrheit das Problem anzugehen. Was hatte sie groß zu verlieren! Dennoch sprach sie zu niemandem über ihr Ansinnen auch nur ein Sterbenswörtchen. Es vergingen noch einige Wochen, ehe die erlösende Entscheidung in die Tat umgesetzt werden sollte. Frau Z. schlich also vorsichtig und klopfenden Herzens eines Nachts die oberste Treppe hinauf, horchte, und nahm im Schein einer winzigen Taschenlampe die bewussten Damenschuhe an sich und ging lautlos zu ihrer Wohnung herunter. Ihre Tür hatte sie angelehnt, sodass nicht das geringste Geräusch zu hören war. Sie ahnte natürlich nicht, dass sie dabei aus der Wohnung gegenüber heimlich beobachtet wurde. Frau Z. ging in die Küche und stellte die modischen hochhackigen Tatobjekte auf den Tisch, der mit Zeitungspapier bedeckt war. Sie hatte alles genau vorbereitet. Mit geeigneten Mitteln trug sie die farblose spezielle Flüssigkeit vorsichtig sorgfältig auf Sohlen und Absätze beider Schuhe auf und prüfte genau die zu erwartende Wirkung. Ebenso leise wie zuvor brachte sie die Schuhe anschließend vor die oberste Wohnungstür zurück. Natürlich trug sie entsprechende Handschuhe, so wie es auch im Fernsehen zu sehen war. Außerdem hatte sie die verstärkende Wirkung ihrer Absicht durch die gerade erfolgte Treppenreinigung genügend bedacht. In dieser Nacht gab es mindestens zwei Personen im Hause, die kaum den ersehnten Schlaf fanden, obwohl kein runder Mond zu sehen war. Zur gleichen Zeit am frühen Morgen warteten sie gespannt auf ein besonderes Ereignis, wobei Frau Z. eine Spur aufgeregter war. Die Zeit schien stillzustehen. Frau Z. genehmigte sich zur Beruhigung mehrere Gläschen. Noch herrschte im Hause nahezu gespenstische Stille. Notgedrungen warteten alle mehr oder weniger genervt auf den üblichen morgendlichen Vorgang, der sich in den Köpfen fast schon verselbstständigt hatte. Endlich, die oberste Tür ging auf, hastige Füße in schwarzen Strümpfen schlüpften in die Schuhe, schritten mit üblichem gewichtigem Tempo los und verloren schon nach wenigen Sekunden ihren Halt. Laut aufschreiend stürzte die Schuhträgerin auf den ersten Stufen rückwärts, ohne sich genügend am Treppengeländer festhalten zu können. Mühsam erhob sie sich stöhnend, humpelte mit schmerzverzerrtem Gesicht zur Tür und verschwand mit lautem Knall hinter dieser, wo ihr Mann schon auf sie zu warten schien, denn es war eine erregte weibliche Stimme zu hören. Fast alle Bewohner hatten das Dilemma mitbekommen. Viele Köpfe vor der eigenen Wohnungstür, die intensiv horchten, zogen sich fast gleichzeitig zurück, einige mit einem boshaften Lächeln im Gesicht. Andere harrten noch längere Zeit vor dem Türspion aus, mussten sich aber mit den bisherigen Beobachtungen begnügen. Am späten Vormittag wurde eine erste medizinische Untersuchung vorgenommen, die nichts Dramatisches ergab, lediglich eine Fußstauchung sowie Prellungen und kleine Schürfwunden im oberen Rückenbereich.

Im Gegensatz zu sonst war es an diesem Tag im gesamten Haus äußerst still. Nur der Postbote bediente laut hörbar die einzelnen Briefkästen zur gewohnten Zeit. Frau Z. hatte auch nach dem Frühstück ausnahmsweise einige Gläschen zu sich genommen. Ihre aufnahmebereiten trichterähnlichen Ohren hörten aus der obersten Wohnung nicht das geringste Geräusch. Was der arme Mann dort jetzt durchstehen musste, überlegte sie mitfühlend, ohne ein einziges Mal daran zu denken, dass sie selbst die eigentliche Ursache dieser Sachlage war. Fast vier Wochen lang war die morgendliche Störung inzwischen ausgeblieben. Alle Hausbewohner bekundeten dem Ehepartner der noch Bettlägrigen ihr tiefes Mitgefühl für diese, wünschten baldige Besserung, wenn sie ihm begegneten. Zugleich waren annähernd alle heilfroh, jeden ruhigen Morgen genießen zu können. Doch wie lange mochte dieser Zustand anhalten? Keiner hatte die verunglückte Dame bisher zu Gesicht bekommen! War sie immer noch ans Bett gefesselt? Auf Fragen diesbezüglich wurden nur ausweichende Antworten gegeben. Dagegen fiel allgemein das schlechtere Aussehen des Mannes auf, hatte er doch zurzeit erheblich mehr Verpflichtungen seiner Frau gegenüber als zuvor. Sicherlich würde seine Mitbewohnerin schon bald Wohnung und Haus wie gewohnt verlassen! Dann eines Tages, Mitte der Woche, es waren insgesamt knapp sechs Wochen vergangen, öffnete sich die obere Wohnungstür wieder zur üblichen Zeit. Die langen dünnen Beine, bzw. ihre Füße, schlüpften in neue modische Schuhe, mit einer gewissen Vorsicht, und schritten erstmals in hinnehmbarer Lautstärke die einzelnen Treppen hinunter. Das Schließen der Wohnungstür war kaum zu hören, und auch dahinter blieb es ungewöhnlich leise. Aufmerksame Hörer im Haus glaubten sich zunächst zu täuschen, doch es war Realität, von nun an blieb das tägliche morgendliche Verlassen der Wohnung erträglich für die Nachbarn. Nur an den Wochenenden gab es gewisse Abweichungen, über die sich mancher Mitbewohner so seine eigenen Gedanken machte. Über die Gründe dieser positiven Veränderungen gab es die verschiedensten Mutmaßungen. Nach und nach wurde es jedoch bekannt: Seit dem tragischen Sturz litt die Dame an einer übermäßigen Hellhörigkeit, der sie selbst mit allen nur erdenklichen Mitteln und Maßnahmen begegnen musste. Andererseits, so musste sie sich eingestehen, war dieser Tatbestand hilfreich, wenn zu bestimmten Anlässen ihre eigene ausgeprägte Neugier herausgefordert wurde. Frau Z. hingegen war trotz aller widriger Umstände stolz auf ihre Aktivitäten. Alles war weitgehend so verlaufen, wie sie es geplant hatte. Sie musste sich keine Vorwürfe machen, schließlich hatte sie im Interesse der Allgemeinheit gehandelt, auch wenn es nicht öffentlich geworden war. Nach einiger Zeit sollte sich für Frau Z. aber ein Problem ergeben: Bei ihrem geheimen Unternehmen war sie, wie bereits erwähnt, von einem Nachbarn beobachtet worden.

Es war der ebenfalls alleinstehende Nachbar über ihr. Frau Z. hatte kein besonders gutes Verhältnis zu ihm. Seit dem Tode seiner Frau war er immer merkwürdiger geworden, vor allem seine mangelnde persönliche Reinlichkeit bemängelte sie insgeheim, ging doch stets ein unangenehmer aufdringlicher Geruch von ihm aus. Unlängst hatte er mit bittersüßem Lächeln Andeutungen gemacht, die sie zumindest innerlich erschrecken ließen. Der Nachbar registrierte es mit Genugtuung, konnte er sie doch seinerseits nicht leiden, besonders wegen ihrer Geschwätzigkeit. Immer dann, wenn er das Haus verließ, ging er neuerdings an Frau Z.'s Wohnungstür langsam, extrem Lärm verursachend, vorbei, verweilte sogar manchmal einige Zeit, bevor er die weiteren Stufen polternd hinunterging. Er wusste nur zu gut, wie hervorragend Frau Z. hören konnte, sie sollte künftig nicht zu wenig mitbekommen. Alle anderen im Haus waren zufriedener geworden, was die morgendliche Ruhe anging. Das oberste Stockwerk war irgendwann kein Gesprächsthema mehr, alles verlief in den üblichen Bahnen eines halbwegs auskömmlichen Miteinanders. Die Gerüchte verschiedenster Art hatten sich wieder gelegt, man legte den Schwerpunkt auf kommende Ereignisse. Manch einer plante bereits eventuelle neue Wohnungsnachbarn ein, falls ein vermuteter baldiger Todesfall tatsächlich eintreten sollte. Ein älteres Ehepaar im Hause hatte sich allerdings noch immer nicht an den morgendlichen Ruhegewinn gewöhnen können. Noch einige Zeit erwachten sie morgens regelmäßig in Erwartung der schallenden Damentritte, die dann in dieser Art und Weise natürlich ausblieben. Nur auf den Wohnungsinhaber über Frau Z. kamen alsbald abends beträchtliche Geräuschveränderungen zu. Frau Z. hatte sich einen kleinen Hund, einen Dackel, zugelegt sowie, kaum zu glauben, mittlerweile immer häufiger Herrenbesuch empfangen. An manchen Abenden ging es dann hoch her, was natürlich auch von anderen registriert wurde. Besonders das unerwartete Hundegekläffe löste allmählich ein allgemeines Unbehagen über die nun abendliche Ruhestörung aus. Es war so nur eine Sache der Zeit, bis sich der Nachbar über Frau Z.'s Wohnung gewisse Gedanken machte über künftige ungewöhnliche Vorhaben. Bisher war er sich nicht schlüssig, welche Maßnahmen zu ergreifen wären. Der Verlust des kleinen Vierbeiners wäre nur eine der Möglichkeiten. Ob das jedoch ausreichen würde? Jedenfalls begann er unauffällig damit, die Ansichten anderer Mitbewohner diesbezüglich in Erfahrung zu bringen. Er war guten Mutes, in den kommenden Wochen sein Ziel zu erreichen. Bis zum Ende des Jahres konnte ein weiterer Unfall im Haus Gott sei Dank jedoch nicht festgestellt werden, denn Frau Z., sichtlich aufgeblüht und um einige Pfunde erleichtert, war jetzt immer auf der Hut. Sie war nur sehr betrübt, als ihr Dackel eines Tages unverhofft tot in seinem Körbchen lag. Für andere grenzte das fast an ein Wunder.

Künstlerpech

Der See lag ruhig dunkel glänzend vor ihm, nur ein einzelnes leeres Boot war in Ufernähe weit gegenüber zu sehen, dort, wo nur noch hölzerne Reste der einstigen Jachtwerft übrig geblieben waren. In seinem Klappstuhl mit Armlehnen, den er im feuchten Gras direkt am Wasser aufgestellt hatte, saß er schon länger hier, den Blick unverwandt auf das große Gewässer gerichtet. Normalerweise hielt er sich in gleicher Position auf der Terrasse des Hauses auf, aber er hatte das drängende Bedürfnis, dem See so nahe wie möglich zu sein. Der wacklige Bootssteg war dazu weniger geeignet. Immer wieder musste er an Lisa denken, die ihn wegen eines anderen verlassen hatte. Dabei war er, Franz Kernstein, ein großer, stattlicher Mann, mit Glatze und schwarzem Schnauzbart im vollen Gesicht, aus dem lebhafte dunkle Augen blickten, die stets versuchten, alles zu durchdringen, was ihnen beachtenswert erschien. Lisa, seine Ehefrau, bedeutete für ihn mehr als sein Leben, wie hasste er den anderen, von dem er überhaupt nichts Näheres wusste. Rein zufällig hatte er ihn ein einziges Mal zusammen mit Lisa in der Stadt gesehen, als er gerade von einem Kundenbesuch zurück nach Hause fahren wollte. Sie hatten hier draußen jahrelang zusammengelebt, in fast unbewohnter Gegend. Nur so hatte er sein künstlerisches Talent voll entfalten können, er malte nur, was er selbst für malenswert hielt, war kein Unbekannter in Fachkreisen. Seit Lisas Verschwinden hatte Kernstein sich künstlerisch völlig umgestellt, malte kein einziges Bild mehr, schuf vielmehr Plastiken und Skulpturen aus verschiedensten Materialien. Statuen von Lisa fertigte er nur für sich persönlich an, schwarz gefiederte Vögel aller Art, seltsamerweise neuerdings auch Pinguine dagegen, bot er vereinzelt zum Kauf an. Die vielen leblosen Tiere standen teils im kleinen Atelier, teils verstreut im Gartengeländer herum. Den seltenen Besuchern vermittelte das Ganze einen unangenehmen Eindruck, woraus der Künstler sich jedoch wenig machte. Er konnte nicht wirklich erklären, was ihn zu diesen Schaffenswerken veranlasste, selbst auf eindringliches Nachfragen hin sah er diejenigen nur durchdringend schweigend an. Wo Lisa jetzt sein mochte, vielleicht außer Landes, weit weg, in der Südsee, oder in der Karibik? Sie war schon immer von langen, warmen weißen Stränden begeistert gewesen. Morgen erwartete er Lisas langjährige Freundin in seiner Einsamkeit, Irma. Langsam wurde es kühler, Franz brachte den Stuhl zur Terrasse zurück und ging ins Haus. Aufmerksam betrachtete er die schwarzen Vögel, die still herumstanden, wie Zeugen aus einer anderen Welt. Am nächsten Vormittag traf Irma ein. Sie war mit dem Bus gekommen und hatte nach einem längeren Fußmarsch das kleine Anwesen schließlich erreicht. Franz wartete schon aufgeregt, er brauchte dringend ihren Beistand in seiner ungewollten Einsamkeit.

Es war ein warmer Sommertag. Von seiner Terrasse aus sah er sie schon von Weitem. Sie ging schnell und nach wenigen Minuten stand sie atemlos vor ihm. Franz erhob sich rasch und schloss sie stürmisch in seine kräftigen behaarten Arme. Er fühlte ihre weiche Brust, drückte sie noch fester an sich, wobei Irma keinen Widerstand leistete. Sie sahen sich lange schweigend an, bevor sie ins Haus gingen und sogleich übereinander herfielen. Seine Gefühle waren unbeschreiblich, der ganze Kummer um Lisa war für eine Weile vergessen. Irma ordnete mit rotem Kopf ihre Kleidung, sie verstand sich selbst nicht mehr. Erst beim gemeinsamen Frühstück sprachen sie miteinander, wobei Irma es vermied, Franz in die Augen zu sehen. Sie berichtete hastig von ihrer Arbeit, fragte nicht einmal nach eventuellen Neuigkeiten betreffs Lisa. Sie verließen das Grundstück und gingen den kleinen Uferweg entlang. Nirgendwo war jemand zu sehen. Nicht sehr gesprächig sah Franz hin und wieder auf die andere Uferseite, dort, wo noch immer das kleine leere Boot vor der alten Jachtwerft schaukelte. Da drüben hatte er neuerdings mehrmals den Sonnenuntergang über seinem kleinen Anwesen gemalt. Die große blutrote Sonne stellte alles andere dabei in den Schatten. Nach dem Spaziergang landeten sie erneut ohne große Umschweife im ungemachten Bett. Sie trieben es bis zur Erschöpfung. Erst danach bekam Irma Gewissensbisse, erklärte, das Ganze sei eine einmalige Ausnahme gewesen. Seine dunklen Augen sahen sie lange an, während er sie langsam an sich zog und ihr die unglaublichsten Dinge zärtlich ins Ohr flüsterte. Irma war dem drängenden Wunsch von Franz nachgekommen, sich dem Aussehen von Lisa so weit wie möglich anzupassen. Deren noch vorhandene Kleider passten nahezu perfekt, Frisur, Parfüm und kosmetische Gewohnheiten von Lisa übernahm sie auf Wunsch von Franz erst nach und nach. Schon in wenigen Tagen war er rundum mit ihr zufrieden. Schließlich bat er sie eindringlich, für längere Zeit bei ihm zu bleiben, für alle finanziellen Aufwendungen würde er selbstverständlich aufkommen. Sie willigte widerspruchslos zögernd ein, obwohl sie nicht unbedingt mit dieser Absicht hierhergekommen war. Gemeinsam genossen sie die kommende Zeit, wanderten und fuhren Boot. Franz zeigte Irma auch etliche seiner Gemälde, die ihr teilweise etwas bedrohlich vorkamen, was sie jedoch nicht äußerte. Für die vielen schwarzen Vögel und Pinguine interessierte sie sich weniger. Nur die wenigen Skulpturen ihrer Freundin Lisa besah sie sich mit einer gewissen Scheu näher, wobei Franz sie dabei eingehend beobachtete. Beide hatten vereinbart, Lisas Verschwinden anderen gegenüber nicht zu erwähnen, und auch miteinander nicht über diese zu reden. Die neue Rolle gefiel Irma zunehmend, außerdem wollte sie die künstlerische Arbeit von Franz nicht beeinträchtigen, indem sie es unterließ, gewisse Probleme zu erörtern. Kontakte zu anderen Leuten hatten sie sowieso kaum, die nächsten Nachbarn wohnten weiter weg, und Besucher waren äußerst selten.

Irma war, wie sich herausstellte, eine hervorragende Köchin. Mit seinem alten Auto fuhren sie meist gemeinsam zum Einkaufen im kleinen Städtchen einige Kilometer von ihnen entfernt. Franz war inzwischen nicht mehr so schwermütig, was auch seiner Schaffenskraft zugutekam. Manchmal sprach er Irma bereits mit Lisa an, was sie schweigend akzeptierte. In den Nächten allerdings hatte sie das Sagen über gewisse Abläufe. Als sie einmal fragte, weshalb er wie besessen diese vielen schwarzen Vögel produzierte, sah er sie zornig an, ohne wiederum eine Antwort zu geben. So vergingen die Wochen, der Sommer neigte sich seinem Ende zu. In dieser Zeit beobachtete sie den Künstler öfter beim Modellieren in der kleinen Werkstatt neben dem Haus. Sie konnte nicht verstehen, wozu diese Unmengen von Vögeln bzw. Pinguinen gut sein sollten. Kein Mensch brauchte diese und kaufte sie, soweit sie feststellen konnte. Für seine mannigfachen Sonnenuntergangsmotive brauchte Franz völlige Ruhe. So fuhr er mit dem Boot immer allein hinüber zu der alten verfallenen Werft, um seine Arbeiten dort weiterzuführen. Niemals hätte er es geduldet, wenn Irma den Wunsch geäußert hätte, mitzukommen. Gewöhnlich kam er erst sehr spät abends, fast schon bei beginnender Nacht, mit dem kleinen Ruderboot zurück. Während seiner Abwesenheit besah sich Irma in aller Ruhe seine einzelnen Werke genauer. Die schwarzen Tiere waren ihr noch immer nicht geheuer. Besonders die lebensgroßen Pinguine, die vereinzelt im verwilderten feuchten Gartengelände herumstanden, waren ihr bei Dunkelheit unheimlich. Eines Abends stieß sie eines dieser Exemplare wagemutig um. Es zerbrach, in hohle einzelne Teile. Ein einzelner länglicher Knochen, deutlich sichtbar, ließ sie erbleichen. Rasch blickte sie auf den dunklen See, Franz war erst in der Mitte angekommen, wie sie erleichtert feststellte. In großer Eile sammelte sie die einzelnen Stücke auf und entsorgte sie weit hinten am Rand des Grundstückes, bei den großen Laub- und Grashaufen, die Franz hier angelegt hatte. Den einzelnen Knochen versteckte sie in unmittelbarer Nähe im sumpfigen Erdboden. Als sie zum Haus ging, stand dort Franz wie aus dem Boden gewachsen. Irma versagten fast die Beine, doch Franz sah sie nur schweigend an und trug seine Malerutensilien in die Werkstatt. Beim späten Abendessen erwähnte sie mit keiner Silbe ihre Entdeckungen. Franz hätte sich sowieso nur fürchterlich aufgeregt, wenn er von dem zerstörten Pinguin erfahren hätte. Wann er den Verlust wohl bemerken würde? Im gemeinsamen großen Bett entschuldigte sie sich mit fürchterlicher Müdigkeit. Auch Franz gab Müdigkeit vor und drehte sich bald zur Seite. Jeder von ihnen träumte diese Nacht intensiv von Lisa, jeder auf seine besondere Weise. Den bewussten Knochen konnte Irma auch in den kommenden Tagen nicht vergessen. Nach einer knappen Woche, Franz war allein in die Stadt gefahren, sah sie nach dem Versteck. Der Knochen war verschwunden.

Zum ersten Mal bekam Irma wirkliche Angst vor Franz. Sie schlug in der Werkstatt einen anderen Pinguin entzwei, suchte fieberhaft zwischen den einzelnen Stücken, fand jedoch nicht das, was sie vermutete. Eilig sammelte sie die Bruchstücke ein, schleppte sie unter Mühen in den hinteren Gartenbereich, wo die Erde feuchter war. Als sie die Reste in einem größeren Loch vergraben hatte, war sie völlig entkräftet. Als Franz zurückkam, saß sie erschöpft auf der Terrasse und sah mit ihren schönen hellen Augen angestrengt auf die graue Wasserfläche. Es konnte jeden Moment gewittern, der Himmel hatte sich bedrohlich verdunkelt. Franz besprach nur das Nötigste mit ihr, schien sie kaum wahrzunehmen. Es geschah in der kommenden Woche: Mehrere Männer in Zivil durchsuchten das gesamte Anwesen gründlich, es war ein Spürhund dabei, und nahmen auch etliche der Tierfiguren mit. Franz sagte zu allem kein Wort zu Irma, nur die Männer begleitete er bei ihrer Tätigkeit mit höhnischen Kommentaren. Der Sommer war inzwischen fast vorbei, nichts Besonderes geschah. Franz hatte sich mehr und mehr zurückgezogen, Irma trug nicht mehr Lisas Kleidungsstücke, war zudem wieder bei ihrem eigentlichen Aussehen angelangt, was vom Herrn des Hauses kaum registriert wurde. Der selbst hatte einen leidenden Gesichtsausdruck bekommen und an Gewicht verloren. Er schlief fast nur noch auf dem alten Sofa in der Werkstatt, seine künstlerische Tätigkeit beschränkte sich auf ein Minimum. Irma überging diesen Zustand geflissentlich. Am nun deutlich sichtbaren Ende des Sommers teilte sie ihm schließlich freundlich entschieden mit, ihn zu verlassen. Sie nannte keine Gründe, und Franz fragte auch nicht danach. Er brachte sie im Auto zur Bahn in dem kleinen Städtchen. Der Abschied war kurz. Sie würde sich melden, versicherte sie, umarmte ihn flüchtig und zog den kleinen schwarzen Koffer eilig am Bahnsteig hinter sich her, um bald darauf in einem Abteil zu verschwinden. Franz stand eine Weile wie betäubt da, bevor er den Bahnhof wieder verließ. Zu Hause fuhr er mit dem Boot wieder öfter hinüber zur alten Werft, verweilte dort stundenlang und starrte hinüber auf sein Grundstück. Dabei flüsterte er zusammenhanglose Worte, bei denen häufig der Name Lisa vorkam. Irma hatte sich bisher nicht mehr gemeldet. Franz litt einerseits darunter, doch hatte er inzwischen eine intensive Zwiesprache mit den vielen schwarzen Vogelfiguren begonnen, die sich noch ausweitete, als er anfing, regelmäßig Alkohol zu konsumieren. Nur durch Zufall fand man ihn bei klirrender Kälte Monate später erfroren auf der Bank vor der Werkstatt, jetzt selbst als Skulptur, in eisiger Hand einen Knochen haltend und mit mehreren leeren Schnapsflaschen vor ihm auf dem gefrorenen Boden liegend. Die stummen schwarzen tierischen Zeugen drinnen und draußen schienen dem keine Beachtung zu schenken. Beim Wiederaufbau der alten Jachtwerft wurde eine steinerne Frauenfigur aus dem Wasser geborgen, was aber nicht zur endgültigen Aufklärung eines besonderen Sachverhalts beitragen konnte.

Herzlos

Draußen waren eilige weibliche Schritte zu hören. Er dachte sogleich an seine Frau, doch die Schritte liefen an seiner Tür vorbei, verloren sich irgendwo in den langen Korridorgängen. Es war jetzt fast still, nur das entfernte Klappern von Kaffeegeschirr drang in sein Ohr. Es waren hier wohl bald seine letzten Tage, daran glaubte er fest. Sein Bett stand längs des Fensters, er konnte Industriebauten und Schornsteine sehen. Die Blätter der Bäume blieben ihm verborgen, sie standen zu nahe am alten Krankenhauskomplex. Meistens hielt er die Augen jedoch geschlossen, dabei blickte er zurück in eine Welt, die immer unverständlicher für ihn wurde. Bisher hatte er so viel erreicht, beruflich und privat, es ging ihm gut, er hatte sich immer durchgesetzt, wenngleich seine Frau und die beiden Töchter getrennt von ihm lebten. Die komplizierte Operation war geglückt, es konnte nur noch aufwärtsgehen. Die Betreuung war gut, man erfüllte weitgehend alle seine Wünsche. Vielleicht wäre ein Zweibettzimmer doch besser gewesen, überlegte er. Andererseits, was sollte das Gespräch mit einem anderen? Sein Kranksein reichte ihm, er musste nicht auch noch die Probleme fremder Leute mit anhören. Auf dem Flur war es lauter geworden, Türen klappten auf und zu, Stimmen des Personals waren undeutlich zu hören, wie immer hatten alle Mitarbeiter vollauf zu tun. Früher wären ihm solche Überlegungen überhaupt nicht gekommen, so stellte er fest. Überhaupt war er dünnhäutiger geworden nach diesem großen Eingriff. Wenn er wieder auf die Beine kam, müsste er auf jeden Fall seinen Mann stehen! Für Minuten war er erneut in einen leichten Schlaf gefallen. Ohne nach Hilfe zu klingeln, erhob er sich anschließend mühsam, um einige Schritte zu laufen. Sofort wurde ihm gleich hundeelend und er schleppte sich zurück in sein Bett. Draußen wurde es langsam dunkler, in seinem Zimmer brannte nur das Licht über seinem Bett. Eine Schwester betrat das Zimmer, stellte das Essen ab, überprüfte seine Werte eilig und legte die Medikamente für ihn bereit. Nach dem Essen, er nahm nur wenig zu sich, horchte er mit geschlossenen Augen in sich hinein. So viele neue Gedanken tauchten in ihm auf, die ihn bewegten und gleichzeitig unangenehm waren. Auf seiner Stirn bildeten sich einige kleine Schweißperlen, als eine fremde innere Stimme ihn aufforderte, sein ganzes bisheriges Leben zu ändern. Gedanklich fragte er rasch nach, und die neue innere Stimme gab Antworten, die ihn mehr und mehr entsetzten. Erst in der Nacht wurde es ihm annähernd klar, die Transplantation hatte seine Persönlichkeit verändert, ob es ihm nun gefiel oder nicht! Mit großer Anstrengung rief er sich bruchstückhaft sein bisheriges Leben in Erinnerung. Ja, er würde sich wehren, seine bisherigen Denk- und Verhaltensweisen keineswegs einfach aufgeben, denn nur so waren seine Erfolge zu erklären! Er hatte sich wohlgefühlt, wenn andere von ihm abhängig waren, er wichtige Entscheidungen treffen konnte. Seine Machtposition in der Hierarchie hatte er voll genutzt, Rücksicht und Anteilnahme hätten dabei nur gestört, und eben deshalb hatte er ein gutes Leben. Das Einzige, was er bedauerte, war der ständige Zeitdruck, andererseits machte ihn dieser in vielerlei Hinsicht noch stärker darin, sich erfolgreich durchzusetzen. Sollte dieses Leben ihm künftig verwehrt sein? Mit aller Kraft würde er sich weigern, eines jener Weicheier zu werden, diese Bedenkenträger und ewigen Zauderer. Seit seiner Jugend hatte er kämpfen müssen und sich seitdem immer behaupten können. Mit solchen Gedankengängen schlief er endlich ein. Am anderen Morgen wachte er früh auf, verspürte diffuse Schmerzen am ganzen Körper. Er hatte seit der Krankheit erheblich an Gewicht verloren, sein Gesicht war eingefallen und blass. Vor dem Spiegel im Bad wagte er kaum, sich selbst zu betrachten. Die nächtlichen Träume verunsicherten ihn, sein Appetit beim Frühstück war nur mäßig. Nach der Visite brauchte er Ruhe, mit geschlossenen Augen lauschte er wieder in sich hinein. War er noch derselbe Mensch? Wer wohl der Spender des neuen Organs war? Waren es vielleicht dessen Träume gewesen, die ihm so unendlich fremd vorkamen?

Sein Schwitzen hatte sich verstärkt, mit zitternden Händen griff er zur Wasserflasche. Erschöpft sank er bald in sein Kissen zurück. Die Vorweihnachtszeit nahm er kaum wahr, zu spärlich war die Ausschmückung in seiner unmittelbaren Umgebung. Eine plötzliche unbekannte Sehnsucht nach seiner Frau überkam ihn. Er liebte sie mehr denn je und verzieh ihr innerlich die Trennung von ihm. Gleichzeitig sah er sich selbst mit anderen Augen, kritisch, geplagt von Selbstzweifeln. Sollte er das Krankenhaus lebend verlassen, so redete er sich ein, würde er seine Tätigkeit aufgeben, sein Leben voll und ganz seiner Frau widmen. Es war nachmittags, als er von ferne schwach weihnachtliche Musik vernahm. War vielleicht schon Adventszeit? Wieder lag er still und reglos in seinem Bett, die glanzlosen Augen zur kahlen weißen Wand gerichtet. Man sah nach ihm, verstärkte die Injektionen, notierte die angezeigten Werte. Es war bereits Abend, als er seine Frau neben sich am Bett sitzend erkannte. Mit fremder Stimme sprach sie leise und zögernd auf ihn ein, erkundigte sich nach Einzelheiten. Er spürte, wie sie sich dazu förmlich zwang, antwortete nur stockend und mit schwacher Stimme. Seitdem sie getrennt von ihm lebte, hatte sie sich verändert. Ihr weiches engelhaftes Gesicht war härter geworden, noch immer glatt zwar, aber mit markanten Falten um die blauen eindringlichen Augen, die ihn einst so angestrahlt hatten. Stumm saß sie jetzt da, das Gesicht abgewandt. Er wollte vieles fragen, war aber einfach zu schwach. Er suchte ihre Hand, hielt sie kraftlos in seiner eigenen heißen. Sie fühlte sich kalt an, die Finger noch immer schlank, vergeblich tastete er nach dem Ehering. Mühsam stieß er einzelne fragende Worte hervor. Ja, sie würde sich um ihn kümmern, wenn er es wollte, für alles gäbe es eine Lösung. Sein Herz krampfte sich zusammen, so kalt hatte er ihre Stimme noch nie gehört. Sie packte noch einige Mitbringsel aus, Obst, Saft und Marzipan, bevor sie lautlos sein Zimmer verließ, ihm flüchtig nochmals zuwinkte. Er fühlte sich schwach und unendlich allein. Würde er seine Familie zurückgewinnen können, auch seine beiden nun schon erwachsenen Töchter?

Und vor allem, wie würde er Weihnachten verbringen? Nie hatte er sich früher so viele Gedanken darüber gemacht. Das Fest war immer sehr genussreich gefeiert worden, danach musste man sich erst einmal erholen. Unverhofft fühlte er das Herz für einen Moment leicht stolpern. Hastig griff er wieder nach der Wasserflasche. Das Schwitzen hatte nachgelassen. Mit dem Handtuch wischte er sich sein Gesicht ab, fühlte die Bartstoppeln dabei. Wie er jetzt wohl aussah?

Mit Weihnachten zu Hause wurde es nichts. Man hatte ihn für mehrere Wochen anschließend in einer Klinik für Rehabilitation untergebracht. Am zweiten Weihnachtsfeiertag rief eine seiner Töchter an, erkundigte sich nach seinem Befinden, bestellte Grüße von seiner Frau und der anderen Tochter, die beide gemeinsam verreist waren. Seltsamerweise hatte er größtes Verständnis für alles, war keineswegs enttäuscht oder gar verärgert. In der Klinik fühlte er sich wohl, trotz des Leidens um ihn herum. Die Begegnung mit anderen, die Gespräche und gemeinsamen Therapiekurse stimmten ihn unerwartet hoffnungsvoll, und auch die Verköstigung entsprach weitgehend seinem Geschmack. Im Gegensatz zu früher genoss er die Ruhe in seinem Zimmer, las viel und saß oft draußen, warm angezogen, wenn es das Wetter erlaubte. Die Sehnsucht nach Frau und Töchtern war indes nicht verflogen. Insgeheim wartete er jeden Tag auf Besuch, doch nichts dergleichen geschah. Jedoch, er wunderte sich selbst darüber, empfand nicht die geringste Verbitterung, war vielmehr in seiner neuen Umgebung fröhlich wie nie zuvor. Seine Verwunderung über sich selbst nahm so ständig zu. Hatte er eine andere Seele bekommen, sozusagen als Gratisgeschenk obendrauf? In der umfangreichen Bibliothek des modernen Hauses, oben im obersten Stockwerk, mit einer herrlichen Aussicht auf Seen und Wälder, suchte er nach entsprechender Literatur zu dieser Thematik, leider aber erfolglos. Er spürte nur, dass er sich verändert hatte. An seine aufreibende berufliche Tätigkeit dachte er fast überhaupt nicht, sie war ihm unendlich gleichgültig geworden. Eines Tages, es hatte nach langer Zeit endlich ein wenig geschneit, hatte er Besuch bekommen. Seine Frau holte ihn vom Essenssaal ab. Seine Freude war wirklich groß, als er sie wahrnahm. Er wollte sie spontan umarmen, was sie dann nur zögernd erduldete. In einer ruhigen Ecke saßen sie alsbald ungestört. Seine vielen Fragen beantwortete sie knapp und merkwürdig distanziert, was ihn wiederum nicht zu stören schien. Fast schüchtern fragte er an, ob sie wieder zu ihm zurückkehren würde, natürlich erst dann, wenn alles überstanden sei. Seine Frau schwieg lange, vermied es, ihn direkt beim Reden anzusehen. Als er endlich alles erfahren hatte, schwieg auch er längere Zeit. Plötzlich lächelte er heiter still vor sich hin, eine einsame Träne wischte er rasch weg. Er fühlte keinen Hass, keinen Schmerz, im Gegenteil, sein Verständnis für das Gehörte war nahezu grenzenlos. Kurz darauf verabschiedete sie sich von ihm, versprach, sich demnächst wieder telefonisch zu melden. Unsicher richtete er noch Grüße an die Töchter aus, von denen er nicht wirklich wusste, wo sie lebten. Vom Fenster seines kleinen Zimmers aus konnte er sehen, wie seine Frau mit einem neuen Wagen eilig davonfuhr. Eine Weile blieb er dort still stehen, es hatte angefangen, leicht zu schneien, kein Mensch war im Park zu sehen. Bis zum Abendessen hatte er noch etwas Zeit. Wieder nahmen ihn Gedanken gefangen, die ihm einst so völlig fremd gewesen waren. Seltsamerweise hatte er in letzter Zeit immer mehr das Bedürfnis, mit nicht normalen Menschen zu sprechen, wozu er hier einige Male Gelegenheit hatte. Gierig sog er Äußerungen und Meinungen auf, von denen er zuvor nie gehört hatte. An irgendwelchen Erfolgen beruflicher und privater Art hatte er nicht das geringste Interesse mehr. Vielleicht war sein jetziges Umfeld die eigentliche Realität? Sein Haus, sein Besitz, alles war ihm gleichgültig geworden in einer Situation, in der man in vielfältiger Weise die Begrenztheit der Existenz verspüren konnte.

Am nächsten Tag sprach ihn erneut diese eine Dame an, die auch aus seiner Stadt kam. Sie erkundigte sich, soweit es ging, nach seinen persönlichen Verhältnissen und bot ihm ihre Hilfe an, wenn er wieder nach Hause käme. Vielleicht wäre es nicht verkehrt, das Angebot anzunehmen, denn wie sollte er gegebenenfalls allein im Haus zurechtkommen? Gleichzeitig durchschaute er sehr wohl die eigentliche Absicht dieser Frau, schon ihr Äußeres, nicht direkt unangenehm, jedoch sehr resolut, ließ ihn dies schlussfolgern. So vergingen die letzten Tage, er hatte etliche angenehme Menschen gesprochen, bemängelte nicht einmal, dass seine Frau nur zweimal kurz mit ihm telefoniert hatte. Er fühlte sich insgesamt besser, betrachtete seine Lage mehr und mehr mit einem inneren Abstand, der ihm ein nie gekanntes Gefühl von Freiheit verschaffte. Er war gerade erst zwei Tage in seinem Haus, man hatte für ihn reichlich eingekauft, und auch die Räume waren gesäubert worden, als die Bekannte aus der Klinik bei ihm auftauchte. Er erkannte sie zunächst nicht, denn, so gab er gerne zu, hätte ihn jemand gefragt, seine Vergesslichkeit hatte sich stark gesteigert, aus welchen Gründen auch immer. Alle drängenden Fragen bejahte er lächelnd, versprach, sich bei entsprechender Hilfe angemessen erkenntlich zu zeigen, vermied jede Auseinandersetzung und Konfrontation, auch mit seiner Frau, wenn sie hin und wieder unverhofft erschien. Die Anwesenheit der anderen Dame nahm sie nur mit äußerstem Unwillen zur Kenntnis, sprach jedoch mit ihm nicht direkt über diese Angelegenheit. Sie hatte sofort erkannt, dass ihr Mann sich sehr verändert verhielt. Er hatte längst beschlossen, überwiegend im Bett zu verweilen, und sich den absehbaren Streit um seine Habe wie ein Fernsehprogramm mit entsprechenden Fortsetzungen zu betrachten, denn er fühlte sehr genau eine beginnende körperliche Schwäche, begleitet von diesem schleichenden Gedächtnisverlust, der ihn die verbleibende Zeit mit größter Leichtigkeit ertragen ließ. Gerne noch hätte er sich bedankt bei demjenigen, der dies ermöglicht hatte, doch das war ein Ding der Unmöglichkeit, wie er erfahren sollte, bevor er wenige Wochen später alles endgültig hinter sich ließ.

Vielerlei Gespinste

Seit seinem Alleinleben hielt er sich zu Hause fast nur noch im Bett auf. Er konnte sich das leisten, als bekannter Filmschauspieler, der genügend Rollenangebote erhielt, um einigermaßen angenehm leben zu können. Überdies war er nicht besonders anspruchsvoll, bis auf einige wenige Ausnahmen. Henning Hoge, Ende fünfzig, war unverheiratet, seine letzte Beziehung war gescheitert, woran er, wie er wusste, selbst den größeren Anteil hatte. Seine Selbstverliebtheit war nur eines der Probleme, so viel war ihm immerhin bewusst. Diesen Vormittag lag er wiederum nachdenklich in seinem riesigen luxuriösen Bett. Es nahm fast das ganze Schlafzimmer ein, dessen Decke er nachträglich mit überladenen Stuckverzierungen hatte ausstatten lassen. Das Bett besaß eine Art Baldachin, aus schwerem blauem Stoff, mit goldener Umrandung, über dem Kopfende waren seine Initialen eingearbeitet, die er im überdimensionalen Wandspiegel genau gegenüber gut erkennen konnte. Vom Bett aus erledigte Hoge seine Schreibarbeiten und Telefonate, nahm meistens hier auch sein Essen ein. Gebannt starrte er auch diesmal seine eisig strahlenden hellgrünen Augen an, die sein eigentliches Markenzeichen waren. In vielen filmischen Szenen waren sie eingesetzt worden, um Gegenspieler, seien es Verbrecher oder weibliche Schönheiten, in ihren unwiderstehlichen Bann zu ziehen. In Einzelfällen bewirkten sie laut Drehbuch einen plötzlichen Herztod. Aber auch privat setzte Henning Hoge seine besonderen Augen ein, machte sich etliche Frauen gefügig und bezwang mit Leichtigkeit fast jeden männlichen Widerstand. Diese Besonderheit seines quasi hypnotischen Blicks war es, die ihn sich selbst für außergewöhnlich halten ließ, verbunden mit einer versteckten Überheblichkeit. Er las jede einschlägige Literatur zu dieser Thematik, konnte sich stundenlang im Spiegel besehen, unter Erprobung nur aller möglichen Augenstellungen. Seit einigen Tagen jedoch, eigentlich Wochen, verspürte er vermehrt ein zeitweises Summen im Kopf, das ihm mehr und mehr Sorgen machte. Hoge war abergläubisch und jeder registrierten Veränderung maß er eine besondere Bedeutung zu. Heute gingen ihm einzelne Gedanken immer wieder erneut durch den Kopf. Musste er allmählich seinen eigenen geistigen Verfall zur Kenntnis nehmen? Konnte eine eventuell beginnende Krankheit ihn vielleicht vor anderen Krankheiten schützen? Warum hatten sich seine Ängste vor Spinnen und anderem Getier so gesteigert? Warum erschienen ihm jetzt häufig Bilder von Menschen, die er kannte, mit gläserner, durchsichtiger Haut? Fragen über Fragen, auf die es einfach keine Antworten gab, und nun war er allein, niemand konnte ihm helfen! Seine letzten Träume, vermehrt aus der Jugendzeit, deutete Hoge als Zeichen für sein baldiges Ableben, außerdem dachte er wieder oftmals daran, dass sein Großvater väterlicherseits an einer spät ausbrechenden Geisteskrankheit gelitten hatte. Diese vielfältigen Befürchtungen belasteten ihn zunehmend, obwohl er wusste, wie wenig aussagekräftig sie letztlich waren.

Auf keinen Fall, so sann er nach, durfte er die Wirkung seiner besonderen Augen vernachlässigen. Bisher war er regelmäßig zum Augenarzt gegangen, wobei er selbst bei diesem eine gewisse Befangenheit ihm gegenüber registriert hatte. Eine Brille würde er gegebenenfalls nicht akzeptieren, denn dann wäre sein eigentliches Kapital verloren! Seine schlanke Figur und seine noch immer volle Haarpracht allein würden nicht ausreichen, seine Beliebtheit weiterhin zu gewährleisten. Während dieser Grübeleien wanderten die Augen Hoges ziellos die Zimmerdecke hoch und verweilten plötzlich wie gebannt an einer Ecke gleich neben dem Fenster. In der Stuckecke nahm er unwillig und voller Abscheu die Bewegungen einer Spinne in ihrem Netz zur Kenntnis. Diese bewegte sich geschäftig hin und her, wobei sich ihm der eigentliche Sinn nicht erschloss. Im Spinnennetz konnte er keine gefangenen Kleinsttiere erkennen, vielleicht also, so überlegte er angeekelt, stand die Spinnenfrau kurz vor der Geburt weiterer Spinnenwesen. Bisher war ihm dieses Netz nie aufgefallen. Vielleicht krochen auf dem Bettteil über ihm noch ganze

Heerscharen von ihnen herum! Auf jeden Fall musste er wohl oder übel der Sache auf den Grund gehen. Sein spätes Frühstück schmeckte ihm dieses Mal überhaupt nicht, zu viel ging ihm im Kopf herum. Gott sei Dank hatte er in der nächsten Zeit keine beruflichen Termine, von seinem letzten Honorar konnte er noch ein Weilchen gut existieren. In nächster Zeit wären lediglich ein neues Jackett und ein Paar neue Schuhe fällig. Die verringerten Damenbekanntschaften hielt Hoge ziemlich genau in seinem kleinen Notizbuch fest und auf dem aktuellen Stand. Langsam schlossen sich seine Augen, das Wetter an diesem späten Vormittag tat dazu sein Übriges, und schon wenig später war er wieder in diesen belastenden Träumen aus seiner Jugend gefangen. Ein alter Lehrer im Traum nahm hohnlachend sein blaues Glasauge aus dem Gesicht und warf es hoch vor sich in die Luft. Voller Beklemmungen erwachte er. Wie erstarrt blieb er liegen: Vor seinen Augen ließ sich ein Spinnentier, es war verhältnismäßig groß, mehrmals auf und nieder, an fast unsichtbaren Fäden, die vom oberen Bettaufbau her zu führen schienen. Reglos liegend, bewegten sich nur seine Augen erschrocken äußerst langsam in Richtung des Spinnentiers. Vor seiner starken gebogenen Nase schwang es aus unerklärlichen Gründen geschwind hin und her. War die Spinne etwa von der Strahlkraft seiner Augen angezogen? Ihre eigenen winzigen dunklen Punkte konnten natürlich in keiner Weise mithalten, stellte Henning Hoge befriedigt fest. Die anhaltenden Spinnenkünste strapazierten seine Augen erheblich, musste er jedoch ständig links und rechts in Richtung seiner Nasenspitze blicken. Endlich, es kam ihm wie Ewigkeiten vor, verschwand die Spinne in die oberen Regionen seiner Bettstatt. In dem bewussten Netz an der Zimmerdeckenecke schien alles ruhig zu sein, da er keine Bewegung erkennen konnte. Erschöpft langte er nach dem kleinen Handspiegel neben sich und besah eingehend seine Augen. Entsetzt musste er wahrnehmen, dass seine Augen sich merklich verändert hatten. Ein leichter Silberblick, um nicht vom Schielen zu sprechen, hatte sich anscheinend eingestellt. Ein schrilles Lachen entrang sich ihm, denn sein Augenausdruck hatte außerdem etwas Lächerliches, nicht ganz Normales angenommen.

Henning Hoge war sofort klar, was das zu bedeuten hatte. Seine Filmrollen konnte er vergessen, und auch privat würde sich höchstwahrscheinlich vieles zum Schlechteren wenden, denn wer würde ihn überhaupt noch ernst nehmen können? Seine geplante Verabredung am Wochenende konnte er jedenfalls absagen! Hoffentlich fiel ihm noch eine plausible Ausrede ein! Einer plötzlichen Eingebung folgend, erhob sich Hoge unter Mühen und riss gewaltsam den gesamten oberen Bettaufbau herunter, wobei ein Teil des metallenen Gestänges zerstört wurde. Zwanghaft suchte er nach dem Spinnengetier, das sich jedoch rechtzeitig verkrochen zu haben schien. Auch das Spinnennetz an der Decke zerstörte er sorgfältig, wobei er glucksend vor sich hin lachte. Danach ließ er sich auf das völlig verwüstete Bett fallen. Wahrscheinlich hatte er bereits tatsächlich ein gewisses Krankheitsbild erreicht, nahm er an. Die nächsten Tage verließ er seine Wohnung nicht, nutzte auch keinen telefonischen Kontakt. Immer wieder besah er seine Augen sorgfältig im Spiegel, doch nichts hatte sich inzwischen verändert, der leicht debile Blick blieb bestehen. Die eingehende Post ließ er ungeöffnet liegen, vernachlässigte seine Körperpflege, die er sonst übermäßig betrieb, kurz, er war in einen Zustand völliger Gleichgültigkeit gefallen. Über seinem Bett sah es jetzt seltsam kahl aus, aber auch daran störte sich Hoge nicht. Er fühlte sich dennoch einsam und verlassen, doch konnte er bereits über sich selbst zaghaft lächeln, wenn er sich erneut im Spiegel besah. Als es eines Vormittags heftig klingelte, musste er sich zurückhalten, um nicht die Wohnungstür zu öffnen. Die attraktive junge Frau konnte er gerade noch durch den Türspion erkennen. Scham und Eitelkeit waren stärker, als den Besuch zu empfangen. Abends nahm das Summen im Kopf wieder häufiger zu und auch die seltsamen Gedankengänge stellten sich wieder eher ein. An einem frühen Abend sah er im Licht seiner Nachttischlampe oben in der Deckenecke erneut ein Spinnennetz mitsamt seiner Bewohnerin, die emsig zu werkeln schien, ohne sich von ihm stören zu lassen. Langsam stieg Hoge auf ein Trittgestell, das er vorsichtig aufgebaut hatte, und näherte sich dem Spinnenwerk. Er hatte keine Ängste mehr davor, das wenigstens stellte er erleichtert fest. Behutsam stieg er bald darauf herab und legte sich wieder nieder. Mit geschlossenen Augen blieb er liegen, bis ein tiefer

Schlaf ihn erlöste. Am nächsten Morgen wollte er sich viel vornehmen, das Bett wieder herrichten, die Wohnung und sich selbst wieder gründlich reinigen. Doch seine Vergesslichkeit war weiter vorangeschritten, jedenfalls war er davon überzeugt. Viele weitere Probleme lasteten auf ihm. Als er sich zögerlich nach und nach wieder in der Öffentlichkeit zeigte, erkannte man ihn nicht unbedingt sogleich wie früher. Man billigte ihm nur noch Nebenrollen zu, sein einstiger Glanz war verloren gegangen. Er hatte sich inzwischen eine Brille zugelegt und auch sonst einige Veränderungen vorgenommen. Sein ganzes Leben verlief jetzt ruhiger, nur die Ängste vor beginnender Krankheit blieben bestehen. Dem Spinnentreiben konnte er stundenlang zusehen, natürlich im ausreichenden Abstand. Als eines Tages tatsächlich Spinnennachwuchs eintraf, freute sich Henning Hoge sogar aufrichtig, schließlich waren seine sonstigen Kontakte äußerst begrenzt. Im Filmgeschäft konnte sich Henning Hoge kaum noch behaupten, alle ehemaligen guten Beziehungen waren eingeschlafen. Finanziell musste er sich sehr einschränken und manche Verabredung absagen. Regelmäßig betrachtete er sich aufmerksam über Monate hinweg, glaubte, eine leichte Verbesserung der Augenstellung feststellen zu können, doch die Brille blieb weiterhin unentbehrlich. Da sich die Spinnennetze im Schlafzimmer weiter ausgebreitet hatten, für ihn willkommene Beobachtungsobjekte, hatte er Schwierigkeiten, den ohnehin spärlichen Damenbesuch auf sein Bett zu bitten. Wer wusste schon, was sich vielleicht bereits unter dem Bett alles bewegte? Hoge hatte dort zeitweilig größere und kräftigere Spinnentiere ausmachen können, denen er manchmal, bei guter Laune, lebende selbst gefangene Beutetiere zuspielte, um dann fasziniert zu beobachten, wie diese weiterverarbeitet wurden. Seine vermuteten Krankheitssymptome hielten sich zurzeit in Grenzen, was er anteilig der näheren Beschäftigung mit den Spinnenwesen zuschrieb. Als er eines Tages sogar von einem kleinen Theater ein Rollenangebot erhielt, schien die Welt fast wieder in Ordnung zu sein. Er sollte die Hauptrolle eines alternden vergesslichen Professors übernehmen, der mit einer wesentlich jüngeren Ehefrau zusammenlebte. Henning Hoge griff sofort zu. Es war eine einmalige Chance, sein Einkommen zu verbessern. Vielleicht würde er eine Dauneranstellung erhalten, wenn man erst einmal seine Qualitäten entdeckt hätte. Die junge Partnerin auf der Bühne war sehr ansehnlich, Hoge hoffte langfristig auf nähere private Kontakte. Die Proben für das Stück verliefen problemlos und harmonisch, man war guter Dinge, dass es ein Erfolg werden würde. Und wirklich, das Publikum spendete bei der Premiere begeistert Applaus und Hennig Hoge war wieder wer. Jede Vorstellung war ausverkauft, die beiden Darsteller waren wirklich die ideale Besetzung. Die Kritiken waren überwältigend positiv, Hoge überlegte bereits, die Brille wieder abzunehmen, andererseits wollte er kein Risiko eingehen. Nach diversen weiteren Aufführungen begann das große Desaster. Hoges eigene Krankheit verstärkte sich, seine schauspielerischen Leistungen ließen nach, es kam zu unliebsamen Unterbrechungen und Sprachpausen, zu kaum verständlichen ungeplanten Monologen und Gesten, sodass das Stück auf offener Bühne abgebrochen werden musste. Die Skandalpresse schlachtete den Vorgang genüsslich aus. Hoge wurde schon bald darauf zum Pflegefall. Zu seinem großen Glück hatte sich die junge Schauspielerin in ihn unglücklich verliebt, überwiegend gerade wegen seiner ungewollten ungewöhnlichen Augenstellung. Ihre Besuche im Pflegeheim erledigte sie regelmäßig, kümmerte sich um vieles, so gut es ging. Ärztlicherseits wurde ihr mitgeteilt, dass durchaus gewisse Chancen auf eine wesentliche Besserung bestanden, wenn man sich dem Patienten ausreichend widmete. Inwieweit die letzte Bühnenrolle einen Einfluss auf den persönlichen Gesundheitszustand Hoges genommen hatte, lässt sich nicht hinreichend beurteilten. Fest steht jedoch, Henning Hoge hatte seinen Beruf bis zuletzt immer sehr ernst genommen.

Heilige Vielfalt

Es begab sich, dass führende fortschrittlichere Religionsvertreter aus aller Welt zu einem geheimen Treffen zusammenkamen, um die großen Religionen zukunftstauglich zu machen. Es war klar, wie schwierig das sein dürfte, denn mehr oder weniger musste jedes religiöse Dogma und jeder Glaube der Zeit behutsam angepasst werden, ohne dabei allzu viel Federn zu lassen. Die christlichen Vertreter hatten dabei erhebliche Vorsprünge aufzuweisen. Insbesondere die Evangelischen hatten die Nase vorn. Bei allen Bemühungen um Gemeinsamkeiten beharrten die mehr fundamentalistischen Kräfte auf dem jeweils einzigen rechtmäßigen Glauben. Bemühungen einzelner moderner Eiferer, eine neue gemeinsame verbindliche Religion hervorzubringen, mit der alle Vertreter zufrieden wären, ließen sich nicht durchsetzen. Dabei kursierten bereits inoffiziell derartige Schriften, in denen sämtliche Religionen miteinander kombiniert worden waren, ohne dass gravierende Einschnitte vorgenommen wurden. Selbst die zeitlichen Unterschiede hatte man elegant aufeinander abgestimmt, wobei man sich auch an religiöse feierliche Höhepunkte während eines Jahres an bereits bestehende abgestimmte Einteilungen orientiert hatte. Es waren interessanteste Kombinationen von heiligen Texten geschaffen worden, ebensolche von religiösen theoretischen Auffassungen und praktischen Ausübungen und Ritualen. Außerdem war von einigen Spezialisten ein Computerprogramm entwickelt worden, das alle nur erdenklichen Glaubensspielarten sofort auszudrucken in der Lage war. Diese neuen Ansätze wurden natürlich ganz überwiegend nicht akzeptiert, dennoch riss man sich unter der Hand um dieses Textmaterial und las es verstohlen im stillen Kämmerlein immer wieder voller Neugier durch. Besonders die Betrachtungen über die neuen sexualmoralischen Vorschläge waren ausschlaggebend. Verlockend waren die Vorstellungen bei Orthodoxen, hinsichtlich des Kondomgebrauchs die praktischen Anleitungen selbst vornehmen zu können. Was war zudem sonst nicht alles denkbar! Keiner der Vertreter wollte und konnte jedoch auf die jeweilige Offenbarung der Göttlichkeit verzichten. Zwar gab es Vorschläge, die Offenbarungen als Abfolge einer einzigen zu interpretieren, doch darauf wollte sich niemand einlassen. Die buddhistischen Teilnehmer waren noch am bereitwilligsten geneigt, solche Betrachtungen in allerdings abgeschwächter Form zu tolerieren. Ehrlicherweise musste jedoch angemerkt werden, dass die persönliche Gottesoffenbarung einfach mehr Spielraum gestattet. Auch die Nichterwartung einer geistigen Auferstehung, die körperliche wurde nur von Religionen im vorreformatorischen Zustand vertreten, erleichterte natürlich diese Auffassung. Nach mehrtägigen intensiven Beratungen und hitzigen Diskussionen konnte keine abschließende Übereinstimmung erreicht werden. Am Ende der ersten Arbeitswoche war das besagte Computerprogramm plötzlich gesperrt, nur wenige diesbezügliche Textunterlagen waren vorhanden, zudem kaum noch greifbar.

Höchste Stellen aller Glaubensrichtungen, so wurde gemunkelt, hätten überraschend schnell gemeinsam eingegriffen. Von Rom wurde jede Verantwortung hierfür scharf zurückgewiesen. Zwei Studenten aus Europa und Afrika hatten zwischenzeitlich ein Werk verfasst, das ebenfalls die Grundlagen einer modernen Religion enthielt, die auch in künftigen Zeiten allen möglichen technischen Entwicklungen widerstehen sollte. Schwierigkeiten bereitete lediglich die Vorstellung, irgendwann auf andere Intelligenzen zu treffen. Welche Religionen besaßen diese? Waren sie kompatibel oder gänzlich unvereinbar mit den bestehenden irdischen? Was war, wenn keine Religionen ausgeübt wurden, Fragen über Fragen! Als Ergebnis war schließlich die Auffassung zu entnehmen, lediglich die Zeit als alleinige göttliche Größe anzuerkennen, da Zeit wie Gottheit nicht wirklich definiert werden können. Das Treffen der Religionsvertreter war schon fast wieder vergessen, alles verlief in althergebrachten Bahnen, wenngleich mancher neuer Gedanke bei einigen wenigen gefruchtet hatte. Und tatsächlich, eines Tages bildete sich eine neue Bewegung heraus, vielleicht ermutigt durch einen plötzlichen Bischofswechsel in Rom. Man verzichtete in dieser Bewegung auf alle theologischen Auslegungen, einfach, weil die Dinge dieser Sphäre unerforschlich sind und bleiben werden. Windige Geschäftemacher sahen in dieser neuen religiösen Strömung schon bald ein unerschöpfliches Betätigungsfeld. Indem diese moderne Religion zunehmend individualisiert und privatisiert wurde, es somit keine hierarchischen Strukturen mehr gab, konnten die verschiedensten religiösen Bedürfnisse mannigfaltig kommerziell genutzt und verwertet werden. Für jeden Geschmack und Geldbeutel wurden diverse neuheilige religiöse Gegenstände angeboten. Außerdem wurden Seminare, Musikdarbietungen und auch Formen von religiösen Erbauungsfeiern organisiert, abgestimmt auf die meist jugendlichen Interessenten, von denen die Mehrzahl akademisch gebildet war. Natürlich wurden auch passende Kleidungsstücke, Abzeichen, Bücher und Zeitschriften, Filme und vielfältiges digitales audiovisuelles Material produziert und gezielt angeboten. Die alten Religionen und ihre Anhänger begannen, sich in großer Gemeinsamkeit vehement gegen die neue Glaubensrichtung zu wehren. Warnend wurde dazu aufgerufen, nicht den falschen Propheten zu folgen. Man war jetzt sogar bereit, einige theologische Kompromisse einzugehen, wenn nur dieser neue Trend gestoppt werden konnte. Es kam zu einem größeren Skandal, als sich herausstellte, dass zwei große alte Weltreligionsorganisationen an den Verkaufserlösen der modernen Religion maßgeblich beteiligt waren. Gleichzeitig gab es Drohungen gegen die vielen Abtrünnigen und Verblendeten, sie der gerechten Strafe Gottes zuzuführen, auf welche Art und Weise aber, ließen sie bedeutungsvoll offen. Wieder waren es die Evangelischen, die ein gewisses Verständnis für die Neureligiösen aufbrachten. Man beschäftigte sich ernsthaft damit, einige der neuen Auffassungen eventuell modifiziert in das eigene Bekenntnisgefüge einzuarbeiten. Lediglich der kleine Teil der Gesellschaften, der absolut rational die Welt erklärte, begrüßte, wenn auch äußerst kritisch, die neue Theologie als einen kleinen Schritt in die einzig richtige Richtung.

Noch viel Aufklärungs- und Überzeugungsarbeit wäre nötig, um den ganzen Ballast auch dieser modernen Religion möglichst rasch über

Bord zu werfen. Nach wenigen Jahren rieben sich die Befürworter dieser geistigen Haltung überrascht die Augen: Seit Einführung der Zeitreligion bahnte sich eine Entwicklung an, die so einfach nicht vorhersehbar war. Viele Anhänger auch dieses Glaubens konnten einfach den im Grunde rationalen Kern der Lehre nicht mehr genügend akzeptieren. Ihnen fehlte in der durchtechnisierten und überinformierten Welt das Unwirkliche, Phantastische, ihre Sehnsucht nach Hoffnung, Erklärung und sogar Rettung von außerhalb, das Gefühl, geborgen zu sein, sich einer höheren Macht anvertrauen zu können, gerade unter fast perfekten Lebensmöglichkeiten. Kurz, es fehlte das Mystische, Verborgene, geheimnisvoll Unerklärliche, wie das Salz in der Suppe. Als sich allmählich auch die allgemeine materielle Situation verschlechterte, bedingt durch klimatische Extreme, zerstörte Umwelt, besonders der Meere, Flüchtlingsströme und Zunahme gewaltsamer religiöser Auseinandersetzungen, nahm die allgemeine Verunsicherung drastisch zu. Technische Pannen größeren Ausmaßes und neue Krankheiten leisteten dazu das ihrige. Die alten Religionsverfechter registrierten diese Entwicklung mit einer gewissen Befriedigung, konnten sie jedoch auf die vorhandenen Vorhersagen verweisen. Die Zeitreligion reagierte dagegen mehr oder weniger ratlos. Man versuchte zwar, durch vielerlei Maßnahmen die Glaubhaftigkeit und Unumstößlichkeit der neuen Richtung zu festigen, jedoch letztlich vergebens. Mit steigernder allgemeiner Verunsicherung wendeten sich die meisten Anhänger wieder den alten bewährten Religionen zu. Sie fühlten sich hier geborgener und die alten Verheißungen gaben ihnen in diesen unsicheren Zeiten einfach mehr Halt. Andererseits nahmen Sekten und Religionsgemeinschaften gleichzeitig zu, deren bedenkliche Irrationalität scheinbar nicht durchschaut werden wollte. So kam es in den modernen Gesellschaften bald nicht mehr zu überlegten und fundierten Entscheidungen und Handlungsabläufen auf fast allen gesellschaftlichen Ebenen. Die Politik kümmerte sich vornehmlich um sich selbst, notwendige langfristige Vorhaben und Zielsetzungen wurden nicht mehr angestrebt. Das Einzige, was noch halbwegs funktionierte, war das allumfassende Informationsmonopol, gegen das die traditionellen Religionen nur aufgrund ihres frühen Entstehungsalters im begrenzten Maße gewappnet schienen. Als dann plötzlich zwei kaum glaubliche schreckliche Ereignisse gleichzeitig eintraten, wobei niemand sagen konnte, wie und genau wodurch, sollten sich unerwartete Konsequenzen für die Zukunft ergeben. Offizielle eindeutige Erklärungen wurden nicht abgegeben, sodass eine Unmenge von Gerüchten im Umlauf waren, niemand jedoch sich zu diesen im Einzelnen öffentlich bekennen durfte, bei Gefahr für Leib und Leben. Schließlich hieß es: Der größte Teil des Vatikans war durch ein Erdbeben zerstört worden, die heilige Stätte in Mekka durch einen Meteoriten. Ob diese Vorgänge einer göttlichen Macht zuzuschreiben wären, darüber brachen unendliche lange hitzige Diskussionen aus, in denen es niemals zu einer gemeinsamen Auffassung kam. Im Gegenteil, die religiösen Auseinandersetzungen nahmen an Schärfe wieder zu. Ob jemals geheime Unterlagen zu diesen Fällen ans Tageslicht kommen werden, bleibt fraglich. Eine weitere Schlacht war gewonnen worden.

Der falsche Schatz

Es kam gänzlich unerwartet: Ein entfernter Verwandter väterlicherseits hatte nach seinem Tod ein altes, winziges Haus hinterlassen, in öder, ländlicher Gegend, das nun ihm, Georg Ganzler, gehören könnte, mit allen Rechten und Pflichten. Lange hatte er gezögert, einzuwilligen. Als alleinstehender Pensionär war er nicht mehr der Jüngste, andererseits, was hatte er zu verlieren? Das Alleinsein gefiel ihm, Bekannte hatte er nur wenige, außerdem war er noch einigermaßen gesund, im Gegensatz zu vielen anderen Altersgenossen. Ein gewisses Abenteuertum schlummerte schon immer in ihm, warum also sollte er es nicht wagen, sein Leben noch einmal entscheidend zu verändern? Es hatte einen besonderen Reiz, in einem kleinen Haus allein zu leben, in relativer Einsamkeit, weitgehend im Einklang mit der Natur. Sein altes Auto reichte aus, um in der nahe gelegenen Kleinstadt alles Notwendige zu besorgen. Fast sein ganzes Leben hatte er in der Steuerverwaltung verbracht, war mit Eifer dabei gewesen, unehrliche Steuerbürger zu überführen, ungesetzliche Geldanhäufungen jeglicher Art aufzuspüren, soweit es in seiner Macht stand. Georg Ganzler malte es sich bereits aus, was er noch alles Aufregendes entdecken könnte, auf sich allein gestellt, fast ohne jeglichen Kontakt zu Menschen. Die nächsten künftigen Nachbarn wohnten circa zwei Kilometer weit von ihm entfernt in der kleinen Waldrandsiedlung. Sein Haus dagegen stand einsam in der heideähnlichen Gegend, nur erreichbar auf verschlungenen Wegen. Auf jeden Fall würde er sich einen Hund zulegen, überlegte er, während er mit den Vorbereitungsarbeiten für den großen Umzug beschäftigt war. Ganzler, Mitte sechzig, groß und hager, besaß etwas Verwegenes an sich, obwohl er sich immer, beruflich und privat, korrekt und zuverlässig verhalten hatte. Er war zudem belesen, sein besonderes Interesse galt historischen Abenteuerromanen. Tatsächlich war er davon überzeugt, ein mittelbarer Nachfahre eines einst berühmten Seeräubers zu sein. Dafür hatte er etliche familiäre Nachforschungen betrieben, verbunden mit erheblichen Kosten. Letztlich kam es jedoch nicht zu den erhofften Ergebnissen, wenngleich manches nicht wirklich geklärt werden konnte. Außerdem glaubte Ganzler felsenfest an den Kreislauf der Wiedergeburt, was ihm in allen grundsätzlichen Ansichten eine unerschütterliche Sicherheit verlieh. Die gelegentlichen Treffs mit ehemaligen Arbeitskollegen, seit dem Tod seiner Frau, würden natürlich künftig wegfallen. Das einsame alte Haus hatte ihm sofort gefallen, es atmete noch den Geist seines ehemaligen Eigentümers, von dem er kaum Näheres wusste. Nur das unbedingt Erforderliche würde er verändern, soweit es seinen eigenen Bedürfnissen entsprach. Diesen Respekt hielt er für angebracht dem Toten gegenüber. Er war genügsam in jeder Hinsicht, und seine Neugier auf die neuen Lebensumstände war stärker, als die Besorgnisse, eventuelle Probleme nicht lösen zu können.

Seinen Vorgänger hatte er niemals persönlich kennengelernt. Es war ein angeheirateter Großonkel, von dem er praktisch nichts wusste, nicht einmal, was er beruflich gewesen war. Er würde jedoch genügend Zeit haben, sich in aller Ruhe mit ihm zu beschäftigen, schon aufgrund des Nachlassbestandes im Haus. Besonders die umfangreiche Büchersammlung interessierte ihn. Erbrechtlich war inzwischen alles geklärt, es bestanden keine weiteren Ansprüche an ihn aus der weitverzweigten Verwandtschaft, die er zum großen Teil ebenfalls nie kennengelernt hatte. Endlich war der Tag gekommen, von dem an sich sein Leben entscheidend verändern würde! Die wenigen persönlichen Dinge waren bald eingeräumt, auf sein eigenes Bett hatte er nicht verzichten wollen, ebenso wenig auf einige kleine Schränke und auf seine Bücherregale, für die noch genügend Platz im Hause war. Es war schon wieder Sommerzeit, im winzigen Garten blühte es wild durcheinander, auch hier wäre nicht viel zu tun, Ganzler liebte es einfach, die Dinge so zu belassen, wie er sie hier vorfand. Was wirklich zu entsorgen war, dafür konnte er sich genügend Zeit lassen, niemand würde ihn drängen oder ihm gar reinreden können, wie es so oft in seiner beruflichen Zeit der Fall gewesen war. Schon in den ersten Tagen in seinem neuen Zuhause hatte er erledigt, was nötig war: Einkäufe aller Art, Behördengänge, Aktivierung des Telefon- und Fernsehanschlusses, erste Kontakte zu den Nachbarn in der Siedlung und anderes mehr. Ärztliche und weitere Adressen fand er im Wohnzimmer vor sowie Verzeichnisse und Kartenmaterialien, die ihm durchaus noch nützlich sein konnten. Er forstete nach und nach die Hinterlassenschaften durch, ordnete, sortierte aus, hielt schriftlich fest, was wichtig war, und widmete sich schließlich mit Aufmerksamkeit dem Buchbestand des Verstorbenen, der, wie er erfahren hatte, immerhin 88 Jahre alt geworden war. Abends sah er sich stundenlang alte Fotoalben an, sodass er sich ein gewisses Bild von diesem machen konnte. Er war tatsächlich einige Jahre zur See gefahren, auf verschiedenen Handelsschiffen, wahrscheinlich überwiegend als einfacher Matrose. Während der ersten Nächte im neuen Zuhause lauschte Ganzler in die neue Stille, fühlte sich dabei keineswegs unsicher in der ungewohnten Dunkelheit ringsum, fühlte sich an Kindheitstage erinnert, wenn der Mond sein Schlafzimmer mit mildem Glanz besuchte. Am Ende des Monats, er hatte bereits Grünpflanzen und Blumen im Haus vervollständigt, unbrauchbare Kleidungsstücke abholen lassen, Küchen- und Badveränderungen eilten nicht, war Ganzler stolzer Besitzer eines Hundes, eine Promenadenmischung, nicht zu groß und nicht zu klein, jedoch wachsam und folgsam, was ihn mit Stolz erfüllte. An lauen Abenden saß er mit Hund auf der kleinen Veranda vor dem Haus, meist bei einem Glase Wein, und schaute zufrieden in die dunkle Nacht. Dabei achtete er aufmerksam auf allerlei tierische Laute, die fast überhaupt nicht von sonstigen Geräuschen gestört wurden. Nur selten zog ein Flugzeug am Himmel seine Bahn, scheinbar ein Stern wie jeder andere, würde es sich nicht so rasch bewegen. In solchen Momenten verspürte er eine tiefe Zufriedenheit, streichelte seinen Vierbeiner öfter, der ihm, anscheinend schläfrig, jedoch hellwach zu Füßen lag.

Seine eigenen Gedanken glitten wiederholt ab, hin zu diesem einen alten Buch, das ihm zunächst bei der ersten Durchsicht nicht besonders aufgefallen war. Er hatte es im Nachttischschränkchen gefunden, versteckt unter diversen anderen Gegenständen. Georg Ganzler hatte sich sofort erinnert: Das gleiche Buch, jedoch in neuerer gekürzter Ausgabe, hatte er als Jugendlicher besessen. Irgendwie war es später abhandengekommen. Es war eine spannende Abenteuergeschichte, beruhend auf persönlichen Reiseerlebnissen des Verfassers, der unter einem Pseudonym bereits mehrere Werke geschrieben hatte, soweit er sich erinnern konnte. Der entscheidende Unterschied war ihm gleich aufgefallen. Das alte Buch enthielt als Anhang mehrere Lagepläne mit verschlüsselten bildlichen Erklärungen und Darstellungen, die anscheinend die Phantasie des Lesers anregen sollten. Einer dieser Pläne enthielt mehrere später hinzugefügte handschriftliche Angaben, die für Ganzler gleichfalls sehr rätselhaft waren. Er war aber sicher, dass diese handschriftlichen Notizen von dem Großonkel stammten. Den ganzen Sommer über war er von der Idee besessen, verschlüsselte Hinweise gefunden zu haben, die ihm zum Auffinden eines verborgenen Schatzes verhelfen würden, wenn ihm nur die richtige Deutung gelingen würde. Er war überzeugt, das alte einsame Haus, in dem er jetzt lebte, verbarg noch etliche Geheimnisse, die es zu lösen galt. Seine anderen Betätigungen vernachlässigte Ganzler in zunehmendem Maße. Sein Freund, der Hund, hielt sich von seinem Herrn jetzt oftmals fern, trieb sich dafür häufiger in der menschenleeren Umgebung des Hauses herum. Eines Tages endlich, mittlerweile war es schon Herbst geworden, die Nächte bereits erheblich kühler, hatte Ganzler spätabends, er saß am alten Schreibtisch im Wohnzimmer, die entscheidende Erleuchtung gehabt. Alle handschriftlichen Zeichen wiesen stimmig darauf hin, nachdem er sie wochenlang immer wieder aufmerksam verglichen und ihre entsprechenden Eintragungen, besonders in diesem einen Plan, untersucht hatte. Und, diese so bedeutende handschriftliche Skizze konnte sich nur auf das Haus beziehen! Ganzler erbleichte für einen Moment vor Erregung über seine Entdeckung: Hier im Haus war ein Schatz vergraben, direkt im Kellerbereich unter der Treppe! Die ganze Nacht lang fand Ganzler kaum Schlaf, frühmorgens hörte er im Halbschlaf den Hund unruhig im Haus umherlaufen. Am frühen Vormittag, nach einem hastigen Frühstück, machte er sich ans Werk. Im alten Schuppen im kleinen

Garten standen genügend brauchbare Geräte herum, wenn auch teilweise bereits angerostet oder von Würmern befallen. Seine einstige Abenteuerlust hatte vollständig von ihm Besitz ergriffen. Die Skizze sah er genau vor seinem geistigen Auge, jede Angabe hatte er sich genau eingeprägt. Als das Telefon klingelte, hörte er es kaum noch, zu sehr war er mit seinem ungewöhnlichen Vorhaben beschäftigt. Sein Hund spürte die innere Unruhe, er zog sich in eine Ecke zurück und beobachtete ihn unentwegt. So wie Ganzler bei der Steuerbehörde akribisch genau vorgegangen war, um Recht und Gesetz durchzusetzen, widmete er sich jetzt intensiv und systematisch der neuen Herausforderung. Eifrig grub, schaufelte und hieb sich Ganzler genau nach Plan in den Kellerbodenuntergrund hinein.

Sorgfältig entfernte er zunächst die schweren quadratischen Steinplatten, lockerte danach systematisch mit einer Hacke das feuchte helle Erdreich und schippte so Schicht für Schicht die lose Erde aus der Vertiefung, die groß genug sein würde, wenn er sich weiter abwärts vorarbeiten müsste. Nach den Aufzeichnungen, so wie er sie ausgewertet hatte, würde er noch ordentlich zu tun haben, bis er sich dem erwarteten Fund genähert hätte. Im Kellerraum war genügend Platz, um die entfernte Erde unterzubringen. Vorsichtshalber hatte Ganzler eine hölzerne Leiter abgelegt, um jederzeit die Grube verlassen zu können. Außerdem, überlegte er, könnte die Kellereingangstür zusätzlich genutzt werden, wenn es erforderlich sein sollte. Die emsige Arbeit strengte ihn an, öfter musste er eine Pause einlegen, doch seine Neugier ließ seine Kräfte nicht erlahmen. Auf jeden Fall wollte er sein Ziel erreichen, mehr als Bestätigung seines außergewöhnlichen Spürvermögens, als aus purer Gewinnsucht. Stunden mühsamer, angestrengter Arbeit vergingen. Ganzler schwitzte stark, zwang sich aber, weiterzumachen. Nur zwischendurch sah er manchmal zur Sicherheit auf die bedeutsamen Aufzeichnungen, gönnte sich dabei einen Schluck Wasser, wischte sich den Schweiß ab. Gerade als er notgedrungen erneut eine kleine Pause einlegen wollte, stieß er mit dem Spaten auf etwas Metallisches. Schon längst war er inzwischen weit mehr als in Mannshöhe in die Tiefe vorgedrungen. Hektisch ließ er sich auf die Knie fallen, wühlte mit bloßen Händen unter dem Licht einer Taschenlampe an der gefundenen Stelle herum. Und wirklich, er brachte mehrere verschiedene alte Münzen hervor sowie einige kleine Löffel. Mit einem Tuch rieb er die Gegenstände grob ab, aller Wahrscheinlichkeit nach waren es echte Goldmünzen und silberne Löffel, etwa dreihundert Jahre alt, wie er erkennen konnte. Sein Inneres jubelte, er hatte doch das richtige Gespür gehabt, wer, wenn nicht er, war zu dieser Aufgabe berufen. Im Nu war jeder Rest von Erschöpfung wie weggeblasen. Mit kleineren Werkzeugen, auf den Knien verbleibend, arbeitete er sich weiter nach unten vor, begierig, dem größeren Teil des Schatzes endlich auf die Spur zu kommen, um den verdienten Lohn für seine aufopferungsvolle Tätigkeit zu erhalten. Doch sollte es völlig anders kommen. Georg Ganzler merkte es zu spät, als das feuchte Erdreich um ihn herum gleichzeitig nachgab, das Mauerwerk der Wände einbrach, und binnen weniger Augenblicke den Schatzsucher unter seiner schweren Last vollständig begrub. Zusätzlich traten plötzlich einzelne Wassersprudel aus dem Untergrund hervor, was bewirkte, dass nacheinander große Teile des gesamten Hausmauerwerks in sich zusammenfielen. Nach etlichen Minuten war fast das ganze Haus eingestürzt, unter großem Getöse und einer mächtigen grauen Staubwolke. Ganzlers Hund stand laut bellend vor dem zertrümmerten Haus, lief dann zu der Siedlung am Waldrand und kläffte so lange, bis ein älterer Bewohner aus seiner Haustür trat und dem Hund auf seinem alten Fahrrad nur mühsam folgen konnte, und sie schließlich das zerstörte Haus am Rande des Heidegebietes erreichten. Nur mit viel Geduld konnte der Mann den Hund beruhigen. Er verständigte sofort telefonisch die Polizei, besah sich flüchtig das eingestürzte Haus und vermutete eine Gasexplosion als eigentliche Ursache des Unglücks.

Schon von jeher, so dachte er auf der Fahrt zurück nach Hause, hatten hier sehr merkwürdige Einzelgänger gewohnt. Der letzte Bewohner hantierte oftmals nachts im Hause herum, was schon an sich verdächtig gewesen war. Als er sich noch mehrere Male von seinem Fahrrad in Richtung des Hauses umsah, musste er auch den Hund zur Kenntnis nehmen, der lautlos, im großen Abstand zu ihm, hinterherlief, schließlich hatte er Anspruch auf ein neues Zuhause! Wie das bloß seiner Frau erklären, überlegte der ältere Mann, als er vom Rad abstieg und die Haustür mit ungutem Gefühl öffnete. Aus der Ferne waren bereits die Sirenen der Polizei zu hören.

Bei aller Liebe

Die kleine Wohnung strahlte eine behagliche Ruhe aus. Alles war an seinem Platz, ordentlich und gepflegt, ein Spiegelbild ihrer Bewohnerin. Die bunten Herbstbäume im kleinen Park waren gut zu sehen, und auch die sonstige Aussicht ließ wenig zu wünschen übrig. Der Kaffeetisch war bereits sorgsam für zwei Personen gedeckt und die Wohnungsinhaberin, Vera Blumenreich, erwartete ungeduldig ihre langjährige Freundin Rita zu Besuch. Als plötzlich das Telefon klingelte, ahnte sie, wer sich melden würde. Rita sagte hastig sprechend das Treffen ab, da etwas Unverhofftes dazwischengekommen sei. Enttäuscht legte Frau Blumenreich das Telefon zurück und beschloss, eben allein bei angenehmer leiser Musik, Kaffee und selbst gemachten Obstkuchen mit etwas Sahne zu genießen. Dabei sah sie mit gefälligem Blick um sich, war stolz auf die vielen Blumen und Grünpflanzen, die sie sorgsam hegte und pflegte. Ihre Tierliebe konnte sie weniger ausleben, da sie inzwischen an mehreren Allergien litt. Vor ihrer Pensionierung hatte sie beruflich indirekt mit Tieren zu tun, als Mitarbeiterin im medizinisch-technischen Forschungsbereich. Das warme Herbstlicht schien durch die leicht geöffnete Fensterfront herein, während Frau Blumenreich schon mit dem zweiten Stück Kuchen beschäftigt war. Nachdenklich sah sie in den bunten Blätterschmuck und beschloss, Rita am Abend anzurufen, denn sie war ziemlich neugierig, nicht nur, was Rita betraf. Etwa eine halbe Stunde später, sie leerte die zierliche Porzellantasse gerade bis zum Schluss in kleinen Schlucken, richtete sich ihre Aufmerksamkeit auf eine seltsame Begebenheit, die sich mehr und mehr steigerte und sie mehr und mehr ratlos erscheinen ließ. Vereinzelt erst, dann immer häufiger, drangen durch das Fenster Schwärme von smaragdgrünen, torkelnd fliegenden Käferleibern in das Wohnzimmer, zielgerichtet direkt auf den gedeckten Kaffeetisch, wo sie in kleineren traubenartigen Formationen den Rest von Kuchen, Sahne und Zucker besiedelten. Frau Blumenreich sah diesem Vorgang wie gelähmt zu. Sie vermochte nicht, die Tierchen irgendwie abzuwehren, sie sogar zu vernichten. Es gelang ihr lediglich, die Fensterfront zu schließen, wobei etliche Käfer zu Tode kamen. Vor dem großen Fenster stauten sich weitere Hunderte Käferleiber, die das Wohnzimmer zeitweise beträchtlich verdunkelten. Frau Blumenreich war schon immer sehr tierverbunden, seit der Pensionierung war sie in zahlreichen entsprechenden Organisationen ehrenamtlich tätig. Ihr Ehemann, von dem sie schon lange getrennt lebte, hatte diese Tierliebe nie akzeptieren können, sosehr er sich auch bemüht hatte. Frau Blumenreich setzte sich behutsam an den Tisch zurück und schaute dem Treiben der Tierchen mit ihren dunklen Augen hinter dickglasigen Brillengläsern fasziniert zu. Sie fraßen emsig, ohne sich irgendwie stören zu lassen, als ob sie ahnten, dass ihnen hier keine Gefahr drohen würde. Als jedoch sich nach und nach dieser beißende, stechende Geruch ausbreitete, fühlte sich Frau Blumenreich immer hilfloser. Die Käfer fraßen und fraßen, bis schließlich alles Fressbare vom Tisch verschwunden war.

Sie entnahm aus einer handgearbeiteten Kommode ein Vergrößerungsglas, griff zaghaft nach einem Käferleib, der sich keineswegs wehrte, im Gegenteil völlig still verhielt. Auch beim genaueren Betrachten des Tieres musste sie feststellen, diese Art noch nie gesehen zu haben. Achtbeinig, mit großen Fresswerkzeugen, schwarzen winzigen Augenpunkten, schuppiger gepanzerter dunkler Oberfläche und durchsichtigen Flügeln darunter versehen, konnte Frau Blumenreich nur höchst erstaunt reagieren, wobei der intensive Geruch sich penetrant verstärkte. Vorsichtig setzte sie das kleine Lebewesen zurück zu den anderen und sah deren Treiben weiterhin gebannt zu. Sie empfand keineswegs irgendwelchen Ekel, schließlich waren es Lebewesen mit der gleichen Lebensberechtigung wie sie selbst. Ja, sie bewunderte sogar die disziplinierte Emsigkeit, mit der sich die Käfertiere dem Vertilgungsvorgang hingegeben hatten. Vorsichtig erhob sich Frau Blumenreich in Richtung der Fenster und öffnete eines davon behutsam. Die Nachmittagssonne war hinter den hohen Bäumen verschwunden, nur einzelne schwache Strahlen fanden noch den Weg ins Wohnzimmer. Draußen war von anderen Käfermassen nichts mehr zu sehen, und nur ein kleiner Teil der Käfer in ihrer Wohnung nutzte die Möglichkeit, in die Freiheit zu gelangen. Sie schwirrten geordnet ab, immer in kurzen Reihen hintereinander, wodurch der unangenehme Geruch sich zunächst verstärkte, dann aber doch etwas erträglicher wurde. Der Kaffeetisch war nun völlig von allen Resten gesäubert, und die Massen von kleinen Leibern machten sich auf die Suche nach weiterem Verwertbaren. Die Tür zum Flur und den übrigen Räumen war nur angelehnt, und so war es ein Leichtes, sich nach und nach überall auszubreiten, denn die Wohnungsinhaberin vermochte es einfach nicht, die Tür zu schließen, zu viele Leben wären dadurch vernichtet worden. Dennoch konnte Frau Blumenreich gewisse Besorgnisse nicht unterdrücken. Als plötzlich das Telefon klingelte, war sie etwas erleichterter, Ritas Stimme zu vernehmen. Sie erzählte ihrer Freundin ihr ungewöhnliches Erlebnis. Rita sagte sofort zu, sie am nächsten Tag zu besuchen. Beim Betreten ihrer Küche musste sie leider auch hier einige Käfertiere wahrnehmen. Gott sei Dank war der Kühlschrank nicht zugänglich, alles sonstige Essbare war weniger wichtig. Eine große Müdigkeit überkam sie plötzlich. Vorsichtig suchte sie ihr Schlafzimmer auf, wobei es ihr gelang, keinen einzigen Käfer hineinzulassen. Trotz der Müdigkeit grübelte sie noch eine Weile nach, auf keinen Fall konnte sie zulassen, dass irgendein Kammerjäger die Tierchen grausam vernichtete, so viel stand fest. Erstmals schlief sie ein, ohne sich für die Nacht entsprechend vorbereitet zu haben. Sie träumte von verschwommenen unangenehmen Begebenheiten, kratzte sich mehrmals unbewusst im Schlaf. Am frühen Morgen wachte sie auf, zerschlagen und voller Bedrücktheit, zudem konnte sie auch hier einzelne Käfer registrieren, die unbeweglich in verschiedenen Ecken verharrten. Ihr Erschrecken steigerte sich, denn sie musste eine erhebliche Vergrößerung einiger Käferleiber feststellen. Zur Sicherheit säuberte sie sogleich ihre Sehhilfe, doch das Ergebnis blieb das gleiche. Mit aller nur möglichen Anstrengung versuchte sie, alle vorhandenen Käfermassen in das kleine Gästezimmer zu lotsen. Teils versuchte sie es mit sanfter Gewalt, teils mit den Verlockungen von essbaren Dingen aus dem Kühlschrank. Das Experiment gelang. Die Tiere ließen sich wunschgemäß in das Gästezimmer leiten, lautlos und friedlich, immer in einer gewissen Ordnung. Erleichtert schloss Frau Blumenreich die Tür, drehte aus Vorsicht auch den Schlüssel zwei Mal herum. Das Fenster dort hatte sie geöffnet, vielleicht würden die Käfer sie bald wieder verlassen! Als Rita sie endlich am späten Vormittag besuchte, sie hatte lediglich einen starken Kaffee zubereitet, konnte diese die ganze Angelegenheit kaum glauben. Frau Blumenreich zog den Schlüssel vom Gästezimmer heraus und ließ ihre Freundin durch das Schlüsselloch sehen. Nach wenigen Augenblicken schrak Rita entgeistert zurück. Die Käfer waren noch größer geworden im Vergleich zu denen, über die sie ihre Freundin zuvor unterrichtet hatte. Schon nach wenigen Minuten verabschiedete sich Rita wieder, sie konnte diesen Geruch einfach nicht mehr ertragen. Frau Blumenreich war betrübt, doch andererseits musste sie Rita auch verstehen. Sie fühlte sich ziemlich ratlos, denn wie sollte es auf Dauer weitergehen? Der Appetit jedenfalls war ihr vollständig vergangen. Sie zog sich an den Küchentisch zurück und blickte melancholisch zum Fenster. Dabei stellte sie fest, dass auch die Pflanzen dort gelitten hatten, denn etliche wiesen eine gelbe Verfärbung auf. Ihre einzige Hoffnung bestand in dem baldigen Verschwinden der Tiere aus dem Gästezimmer, denn dort gab es nichts, was als Futter zu verwerten war. Sie ging durch den kleinen Flur und sah erneut durch das Schlüsselloch. Sie wollte ihren Augen einfach nicht trauen. Alles, was aus Papier und Textilien bestand, war angefressen worden! Die Käferleiber schienen sich dabei weiter zu vergrößern, und auch das bisherige Ordnungsgefüge hatte sich anscheinend aufgelöst. Frau Blumenreich war einer Ohnmacht nahe. Sollte sie nicht doch Hilfe holen? Sie konnte selbst den intensiven säureartigen Geruch bald nicht mehr aushalten. Ihre einstige Neugier hielt sich nur noch in engen Grenzen, im Gegenteil, sie musste alles unternehmen, um die Tiere, die sie nun erstmals als bedrohlich empfand, in Schach zu halten. Sie zog sich einen Stuhl bis vor den Gästeraum heran und sah für eine ganze Weile ununterbrochen durch das Schlüsselloch. Als das Telefon klingelte, war wieder Rita am Apparat. Sie entschuldigte sich mehrmals umständlich, bat für ihr Verhalten um Verständnis und versprach, baldmöglichst erneut vorbeizukommen. Frau Blumenreich ging zum Stuhl vor der verschlossenen Tür zurück und nahm seufzend Platz. Sie hatte bereits Angst davor, die Tiere weiter zu beobachten. Es war mittlerweile Nachmittag geworden, und Frau Blumenreich nickte mehrmals auf ihrem Stuhl ein. Als sie einige Zeit später in das Zimmer lugte, konnte sie in dem halbdunklen Raum kaum noch etwas erspähen. Sie meinte, fast nichts mehr von der Zimmereinrichtung erkennen zu können, auch von den vergrößerten Käfern konnte sie nicht mehr ganz so viele ausmachen. Sie überlegte hin und her, was für eine Bewandtnis es mit diesen Tieren auf sich haben könnte. Waren sie aus südlicheren Gefilden hierhergekommen, und wenn ja, warum ausgerechnet zu ihr? Sie jedenfalls hatte noch nie von solcher Art Population gehört und gelesen! Auf jeden Fall würde sie sich später einmal genauestens informieren, soweit es irgendwie möglich war.

Am Abend bereitete sie sich doch eine Kleinigkeit zum Essen vor. Der Fernseher blieb aber aus, lediglich ihr Radio schaltete sie zeitweise ein, in der Hoffnung, eine besondere Meldung zu hören. Doch nichts dergleichen war zu vernehmen. Schließlich begann Frau Blumenreich damit, ihre Beobachtungen hinsichtlich der seltsamen Käfer schriftlich festzuhalten. Sie war darin sehr genau, was auch auf ihre langjährige berufliche Tätigkeit zurückzuführen war. Spät am Abend war sie endlich damit fertig. Mit einem gewissen Stolz besah sie sich mehrmals die eng beschriebenen Seiten, auch bezogen auf die sehr prägnante Handschrift. Wer konnte heute wohl damit noch aufwarten! Ihre frühere wissenschaftliche Mitarbeit schien sich auch jetzt wieder bezahlt zu machen, denn sie fühlte sich nun insgesamt wieder besser. So genehmigte sie sich zusätzlich ein großes Glas Rotwein zum Essen, was sich nur günstig auf ihren seelischen Zustand auswirken konnte. Mit der nötigen Bettschwere ging sie endlich schlafen, ohne sich nochmals um das bewusste Zimmer zu kümmern. So leicht jedenfalls ließ sie sich nicht verunsichern! Mit diesen Gedanken schlief Frau Blumenreich schon bald ein, träumte diesmal recht angenehm von Begegnungen mit männlichen Wesen in ihrer Jugendzeit und, wenn auch weniger intensiv, von ihrem getrennt von ihr lebenden Ehemann. Am frühen Morgen, es war noch draußen dunkel, wurde sie durch ein eigenartiges Geräusch geweckt. Erst langsam kam sie zu sich, rieb sich den Schlaf aus den Augen. Die seltsamen Laute kamen aus Richtung des Gästezimmers, so viel stellte sie sogleich fest. Im Morgenrock schlich sie sich langsam dorthin, sah durch das Schlüsselloch, konnte jedoch in der Dunkelheit nichts erkennen. Langsam drehte sie den Schlüssel herum und öffnete vorsichtig einen Spaltbreit die Tür. Es stank hier förmlich, es war zudem zu dunkel, um irgendetwas genau zu sehen. Mit allem Mut schaltete Frau Blumenreich das Deckenlicht ein. Im gleichen Moment erhob sich ein einziger riesiger Käfer, annähernd so groß wie ein Truthahn, und verließ unter dröhnendem Brummen den Raum durch das geöffnete Fenster in Richtung des Parks, dessen Bäume unwirklich aus dem Nebel herausragten. Frau Blumenreich war einerseits sehr erleichtert, doch konnte sie nur ungläubig den Kopf darüber schütteln, was ihre Augen zur Kenntnis nehmen mussten. Nichts mehr im Zimmer war zu gebrauchen, lediglich Gegenstände aus Metall waren erhalten geblieben, alles andere war vollkommen unbrauchbar geworden, weil nur Reste übrig geblieben waren. Sie konnte auch keinen einzigen Käfer mehr entdecken. Wahrscheinlich, so ihre Vermutung, hatte der Riesenkäfer alle anderen vertilgt. Sie öffnete die Fenster so weit es ging. Nach dem Frühstück würde sie sogleich Rita anrufen und berichten, und auch ihre Unterlagen müsste sie noch vervollständigen. Etwa eine gute Woche später konnte sie den Nachrichten entnehmen, dass riesige Schwärme bisher unbekannter fliegender Käfer weiter nördlich aufgetaucht seien, die eine ernsthafte Bedrohung darstellten hinsichtlich der Vertilgung sämtlicher vorhandener Lebensmittel. Von einem riesigen, truthahngroßen Käfer wurde nicht berichtet. Einerseits war Frau Blumenreich stolz darauf, dass ihre Wohnung zum Teil Brutstätte für diese Tiere war, andererseits hatte sie ein schlechtes Gewissen deswegen, nicht mehr für die Bekämpfung dieser Wesen getan zu haben. Ihre Freundin Rita dagegen hatte diesbezüglich eine ganz klare Auffassung.

Die Gedankenleserin

Die Enge im Bus war unerträglich. Viele Leute schimpften, und die sommerliche Hitze trug dazu bei, dass etliche der überwiegend sehr umfangreichen Körper fürchterliche Gerüche verbreiteten. Eine der wenigen schlanken weiblichen Fahrgäste hatte einen Sitzplatz ergattert, wahrscheinlich nur deshalb, weil kaum jemand anderes so hätte sitzen können, eingezwängt zwischen diesen ausladenden Formen links und rechts. Die attraktive Frau hielt ihre Augen geschlossen, versuchte, sich so in angenehmere Umstände hineinzudenken. Als sich ihre großen grauen Augen wieder öffneten, sahen sie aufwärts in ein männliches Gesicht, dessen dunkle Augen sie aufmerksam fixierten. Sofort erhob sich die junge Frau und kämpfte sich unter Mühen zum Busausstieg durch. Beim nächsten Halt verließ sie diesen nahezu fluchtartig, atmete tief durch und ging den Rest der Strecke zu Fuß nach Hause. In der kleinen Veranda ihrer Wohnung ließ sie sich erschöpft nieder und genoss die Aussicht in den ruhigen verwilderten Hinterhof mit seinem alten Baumbestand. Diese Ruhe gab Gesine Brandes langsam ihr inneres Gleichgewicht zurück. Vor gut einem halben Jahr hatte sie ihre berufliche Tätigkeit aufgegeben, seitdem hielt sie sich mit verschiedenen Arbeiten über Wasser und lebte von Ersparnissen unter ziemlich spartanischen Bedingungen. Dieses Gesicht im Bus, es hatte sie sofort erinnert an ihre letzte unglücklich verlaufene Beziehung. Ursache war ihr eigentliches Problem, von dem keiner wusste, auch nicht ihre einzige Freundin Britta. Deshalb hatte sie auch ihre Arbeit in der Erwachsenenbildung aufgegeben. Gesine war fest davon überzeugt, die besondere Fähigkeit ihrer verstorbenen Mutter übernommen zu haben, nämlich ziemlich sicher die Gedanken anderer zu durchschauen. Dafür musste sie sich keineswegs besonders anstrengen, andererseits hatte ihr dieses Vermögen kein wirkliches Glück gebracht. Alle Beziehungen waren daran zerbrochen, sie selbst war misstrauisch und oftmals unsicher geworden, konnte keinem wirklich glauben. Wahrscheinlich war auch ihre Mutter daran gescheitert, sie starb unter sehr ungewöhnlichen Umständen. Nachdenklich sah Gesine Brandes in den Hof. Es war unheimlich still, langsam brach die Dunkelheit an, doch kein einziges Fenster war erleuchtet. Ja, nur Britta konnte sie wirklich vertrauen, sie war so arglos, dass Gesine manches Mal an sich halten musste, um nicht laut loszulachen. Niemals jedoch hatte sie Übles von ihrer Freundin denken müssen. Gesine schloss das große Verandafenster, zündete die Kerze auf dem kleinen Tisch an und schenkte sich aus der bereitstehenden Flasche ein Glas Rotwein ein. Viele Geschichten fielen ihr ein, Verhältnisse mit attraktiven Männern, und doch waren alle gescheitert, letztlich aufgrund ihrer besonderen Fähigkeit. Sie war verbittert geworden, gestand sie sich ein. Auf ihren harten, dennoch weiblichen Gesichtszügen erschien ein schwaches Lächeln, für eine bestimmte Sorte von Männern war sie wohl geradezu eine Herausforderung! Doch immer hatte sie alle rechtzeitig durchschaut! Wohin aber hatte es geführt? Ihre Hand zitterte leicht, als sie ein weiteres volles Glas zum schmalen Mund führte. Ja, auf gewisse Art war sie grausam geworden, weidete sich daran, wenn andere seelisch leiden mussten.

Nur ein einziges Mal hatte sie sich täuschen lassen, sie dachte an die dunklen Augen im Bus, und plötzlich fiel ihr alles wieder ein. War er es vielleicht selbst gewesen? Egal, genug der fruchtlosen Überlegungen. Sie trank ihr Glas leer, löschte die Kerze und begab sich ins Innere der Wohnung. An Schlafen war nicht zu denken, Appetit verspürte sie ebenfalls nicht. Gesine versuchte, Britta telefonisch zu erreichen, doch es war ständig besetzt. Sie war wohl noch immer auf Verwandtenbesuch, aber wer rief dort um diese Zeit an? Im gedämpften Licht der Stehlampe neben dem alten Ledersessel musste sie unwillkürlich auf das strenge Gesicht ihrer Mutter sehen, deren Bild an der Wand zwischen zwei vollen Bücherregalen hing. Ihre Tochter machte ihr noch heute, gut dreißig Jahre nach ihrem Tod, bittere Vorwürfe, diese unnatürliche Gabe von ihr geerbt zu haben. Der Vater hatte diese Frau wahrscheinlich deshalb so früh verlassen, drohte ihr selbst das gleiche Schicksal? Sie erhob sich abrupt, ging in die dunkle Veranda und schaute in die Nacht hinaus. Ungewollt rannen ihr einzelne Tränen hinab, während sie gleichzeitig ein krampfhaftes Lachen erfasste. Ja, sie fürchtete sich vor sich selbst, manchmal sah sie ein gänzlich anderes Gesicht, wenn sie in den Spiegel schaute. Erneut rief sie bei Britta an, doch es war wieder besetzt. Es war bereits kurz vor Mitternacht. Mit wächsernem Gesicht legte sich Gesine in ihr Bett und starrte an die Decke. Die Dunkelheit im winzigen Schlafzimmer ängstigte sie. Künftig wollte sie einfach weniger mit Menschen zu tun haben. Plötzlich sah sie vor ihrem inneren Auge Bertold, dieser Mann, der so gänzlich anders war. Doch auch er war so rasend eifersüchtig geworden, und sie hatte ihn noch darin bestärkt. Wenn er ab und an halb im Scherz seine Hände um ihren schlanken Hals legte und leicht zudrückte, hatte sie panische Furcht bekommen, sie aber vor Bertold verbergen können. Endlich fiel Gesine Brandes in einen leichten, unruhigen Schlaf. Es war später Vormittag, als sie erwachte. Draußen regnete es leicht. Langsam konnte sie ihre Gedanken wieder ordnen, und nach dem Frühstück fühlte sie sich bedeutend besser. Auf jeden Fall musste sie eine angemessene Beschäftigung finden, vielleicht sogar irgendetwas mit Tieren. Doch was, wenn sie auch deren Verhalten vorzeitig durchschaute? Die Probleme würden sich wiederholen, nur auf einer anderen Ebene! Unentschlossen warf sie sich aufs Bett, stand unruhig wieder auf und besah sich im Spiegel. Fast hätte sie geschrien! Sie sah das Gesicht ihrer Mutter, obwohl sie keine Ähnlichkeit mit dieser hatte. Sie schloss ihre Augen für Sekunden, schaute erneut, und Gott sei Dank, sie sah sich selbst grübelnd und zweifelnd, aus ihren großen grauen Augen an. Abermals legte sie sich auf ihr Bett, schweißgebadet, und fiel sofort in einen tiefen Schlaf. Sie träumte von den meist älteren Leuten im Hause, von denen sie zwangsläufig mehr wusste, als diesen lieb sein mochte. Vielleicht grüßten deshalb einige von ihnen kaum oder erzählten sonderbare Dinge über sie. Auch von Britta und Bertold träumte sie furchtbares Zeug, davon, dass beide längst hinter ihrem Rücken eine intensive Beziehung pflegten und sich über sie, Gesine, in ihrer Verschrobenheit köstlich amüsierten. Als es am frühen Nachmittag heftig klingelte, schrak Gesine aus ihrem Dämmerzustand auf.

Sie war sichtlich erleichtert, Britta zu sehen, ihre Stimme zu hören. Endlich konnte sie mit jemandem sprechen, der ihr keine Schwierigkeiten bereitete, Britta war verlässlich, meist fröhlich, wenn auch ein sehr schlichtes Gemüt. Die beiden Frauen umarmten sich herzlich und erzählten einander in sprudelnder Weise von ihren Erlebnissen und Gedanken der letzten Zeit. Gesine hatte es nach wenigen Minuten durchschaut, irgendetwas belastete ihre Freundin beträchtlich. Schließlich stockte der Redefluss, Britta nestelte nervös an der teuren neuen Halskette herum. Sie sah wirklich hübsch aus, hatte eine gute Figur, wirkte jedoch zunehmend unsicher. Eine leichte Röte überzog ihr volles Gesicht, während sie schließlich unter Tränen zu berichten begann. Gesine hörte mit wächsernem, bleichem Gesicht zu, dessen Züge sich immer mehr verhärteten. Britta und Bertold waren wirklich seit einiger Zeit liiert, und sie war nicht verreist gewesen. Mit hoher Stimme befahl Gesine plötzlich Britta, sofort zu gehen. Sie konnte sie einfach nicht mehr ertragen. Ihre grauen Augen blickten böse auf die Freundin. Diese verließ zitternd und schluchzend die Wohnung. Gesine blieb eine Weile regungslos im Sessel sitzen. Endlich stand sie auf, bereitete sich ein Glas Wasser, warf verächtlich eine größere Dosis Tabletten hinein und trank das Glas in einem Zuge leer. Sie erwachte erst wieder im Krankenhaus, wusste, was Ärzte und Personal mit ihr weiterhin anstellen würden, und musste bitter lächeln. Ihre Gedankengänge waren zeitweise unkontrolliert selbstständig gewesen, sodass es ihr Mühe bereitete, sich wieder selbst in Gewalt zu bekommen. War die Mutter nicht unter ähnlichen Umständen aus dem Leben geschieden? Vom Vater hatte sie nichts darüber erfahren, zu früh hatte er sich von der Familie getrennt, ohne Spuren zu hinterlassen. Am übernächsten Tag war Gesine wieder zu Hause angelangt. Zwar fühlte sie sich noch schwach, aber auf Brittas Hilfe konnte sie gern verzichten. Als Britta sich nach gut zehn Wochen erneut bei ihr persönlich meldete, wusste Gesine sofort, was geschehen war. Das verweinte Gesicht der Freundin sprach Bände. Gesine empfand eine gewisse Genugtuung, aber keineswegs Schadenfreude über Brittas gescheiterte Beziehung. Sie brachte es sogar fertig, Britta mit tröstenden Worten zu verabschieden. Am nächsten Tag, sie wollte sich gerade ernsthaft um eine geeignete Arbeit kümmern, eventuell sogar um eine Imkerinnenausbildung, bekam sie unverhofft Post. Die Leitung eines entfernten Pflegeheims schrieb ihr vom schwer erkrankten Vater, der nach ihr verlangte, wie man aus seinen wenigen gestammelten Worten endlich hatte heraushören können. Man bat sie dringend um ihr Kommen und bot vorsorglich sogar an, dort im Heim für längere Zeit eine preiswerte Unterkunft bereitzustellen. Gesine war seltsamerweise nicht besonders aufgeregt oder beunruhigt, hatte sie doch Ähnliches unterschwellig bereits geahnt. Ihre Wohnung überließ sie für diese Zeit einer Freundin Brittas, die ebenfalls in Trennung lebte. Bereits am Ende der Woche machte sie sich auf den Weg, um möglichst bald bei ihrem unbekannten alten kranken Vater einzutreffen. Sie würde sich kümmern so gut es eben ging, das Berufliche und alles andere hatten jetzt keine Bedeutung mehr. Die Bahnfahrt dauerte mehrere Stunden, Gott sei Dank waren nur wenige Leute im gesamten Zug.

Als sie endlich dem eigenen Vater gegenüberstand, er saß in einem Rollstuhl in einem winzigen Zimmer, erschrak sie im ersten Augenblick. Er hatte schlohweißes Haar, war sehr dünn, konnte nicht sprechen und sah sie nur anklagend an. Ob er sie überhaupt erkannt hatte? Gesine legte ihren Mantel ab und ließ sich am wackligen Tisch nieder. Sie erzählte von sich, befragte zwischendurch den Vater nach allem Möglichen, doch sie erhielt keine Antworten. Nur seine Augen sahen sie ab und an aufmerksam an, wenn sein Kopf nicht gerade mit dem Kinn auf der Brust ruhte, und so den Eindruck erweckte, als ob er schliefe. Ein leichtes Schnarchen bewegte Gesine dazu, das Zimmer leise zu verlassen. Sie mietete das ihr schriftlich angebotene Quartier, ebenfalls eine winzige Wohnung in der Nähe ihres Vaters. Sie durfte den alten kranken Mann nicht alleine lassen, obwohl sie ihm seinen Weggang nicht verzeihen konnte. In den nächsten Tagen unternahm sie längere Spaziergänge im nahe gelegenen Park, manchmal nahm sie den Vater im Rollstuhl mit. Er war sichtlich wacher geworden, stammelte oftmals einzelne Wörter und Namen, mit denen

Gesine jedoch kaum etwas anfangen konnte. Er sah dann mit einem gewissen Stolz in seinen ebenfalls grauen Augen auf seine Tochter. Gesine zwang sich, diese Zeiten der Ungewissheiten ohne Unmut auszuhalten. Nichts konnte sie über die Mutter wirklich erfahren, wusste nichts von ihrem Ende, nicht einmal eine Grabstätte war vorhanden. Immer wieder versuchte sie, den Vater zu befragen, doch dessen halbseitige Lähmung verhinderte jede mögliche Antwort. Sie begann während ihres Aufenthaltes damit, zu malen, zaghaft erst, dann häufiger bis hin zu einer gewissen Besessenheit. Sie malte keine Personen oder andere Lebewesen, nur Motive vom oder am Meer in unzähligen Variationen in dunklen düsteren Farben. Sie drückte ihre vielfältigen Stimmungen und Gefühle aus und konnte gleichzeitig ihren Gedankengängen, die noch mit dieser gewissen Gabe behaftet waren, freien Lauf lassen, ohne einen Menschen direkt damit zu konfrontieren. Ihrem Vater gefielen diese Bilder sehr, er sah sich jedes einzelne genau an. Kurz vor seinem Tode, er schlief nach wenigen Wochen friedlich ein, übergab er mit zitternden Händen ein verschnürtes Päckchen, die niemals abgesandten Briefe seiner Frau an ihn. Schon vor der Beerdigung des Vaters in aller Stille hatte sie wieder und wieder die vergilbten Blätter gelesen, von den Ängsten der Mutter vor der eigenen Zukunft und der ihrer Tochter, von der Sehnsucht, im Meer diesem Leben zu entsagen. Wieder zu Hause, die Bilder und einige Sachen vom Vater hatte sie nachschicken lassen, widmete sie sich intensiv weiter ihrer neuen Tätigkeit. Sie malte im großen Umfang, machte sich schon bald einen Namen in diesem Genre, sodass sie gut davon leben konnte. Nicht einmal ihre Freundin Britta, der sie längst alles verziehen hatte, wusste von dieser Merkwürdigkeit: Gesine vermochte es nicht, andere Motive auf die Leinwand zu bringen, sosehr sie sich auch insgeheim darum bemühte. Dennoch war sie in gewisser Weise stolz darauf, mit sich und der Welt endlich halbwegs in Einklang leben zu können. Das Grab des Vaters besuchte sie regelmäßig, wie gerne hätte sie auch das der Mutter ausfindig gemacht, doch das war ein Ding der Unmöglichkeit.

In eigener Sache

Der Geräuschpegel nahm langsam ab, das Licht im Saal wurde sichtlich schwächer. Auf der kleinen Bühne standen nur ein Tisch nebst Stuhl und eine erleuchtete schwenkbare Stehlampe. Bei starkem Beifall erschien raschen Schritts der erfolgreiche Kriminalschriftsteller Gerolf Balden, verneigte sich leicht lächelnd vor den etwa fünfzig Anwesenden und begann gleich darauf mit dem Vorlesen aus seinem neuesten unvollendeten Manuskript, nachdem er seine goldene randlose Brille aufgesetzt hatte. Zuvor hatte man ihn dringlich gebeten, aus diesem unfertigen unveröffentlichten Werk vorzulesen, um jeweils eigener Phantasie seiner eingeschworenen Leserschaft entgegenzukommen. Seine leicht monotone Stimme bewirkte keineswegs eine Ermüdung seiner Zuhörer, zu fesselnd war der vorgetragene Text. Es ging, kurz gesagt, um einen bevorstehenden geplanten Mord innerhalb einer Zweierbeziehung mit all ihren weitreichenden Verästelungen im unmittelbaren gesellschaftlichen Umfeld. Unter den Anwesenden waren auffallend viele junge gut aussehende Frauen. Man munkelte schon länger über diverse amouröse Abenteuer des Autors mit etlichen jungen Damen. Tatsächlich war er auf seine Weise ein Frauentyp, hatte jedoch insgeheim vor gleichaltrigen und älteren Damen erheblichen Respekt, um nicht zu sagen Ängste. In der dritten Sitzreihe, am äußeren Rand, saß eine attraktive, nicht mehr ganz junge dunkelhaarige Dame im schlichten schwarzen Kleid, die sehr konzentriert dem Vortragenden lauschte. Ihre dunklen Augen hielt sie länger geschlossen, öffnete sie ab und an unwillig, wenn sie sich gestört fühlte, sei es durch Husten, Flüstern oder andere Geräusche. Je spannender das Geschehen sich darstellte, umso mehr rutschte sie in ihrem Sessel unruhig hin und her. Allem Anschein nach nahm sie der gehörte Text sehr mit. Der Autor schien zudem des Öfteren in ihre Richtung zu sehen, wenn er bestimmte Textteile vortrug, manchmal mit einem ironischen Unterton verbunden. Nach einer kurzen Pause las Gerolf Balden weiter, jedoch nur noch bis zu dem mutmaßlich geplanten mörderischen Vorhaben. Die attraktive Zuhörerin hielt es bis dahin nicht mehr aus. Mit verhaltener Wut erhob sie sich hastig und steuerte auf eine nahe seitliche Ausgangstür zu, die sie geräuschvoll hinter sich schloss. Dem Vorlesenden war dieser Vorgang keineswegs entgangen. Nach wenigen Minuten brach er die Lesung plötzlich ab, bedankte sich freundlich beim Publikum, das ihm trotz dieser vorzeitigen Beendigung begeistert applaudierte. Wenig später war er bereits auf dem Weg nach Hause.

Es war bereits dunkel geworden, die Straßen der Stadt jedoch noch voller Leben, Restaurants und Cafés gut besucht. Balden beschloss, sich ein Bier zu genehmigen, nach dem vielen Reden hatte er es sich redlich verdient. In einem kleineren Eckcafé ließ er sich an einem einzelnen Tisch nieder. Die Musik war angenehm leise, und auch die Gästezahl hielt sich in Grenzen. Eine ältere Bedienung nahm seine Bestellung wortlos auf. Die gewünschte Zeitungslektüre überbrachte sie ihm ebenfalls schweigend. Routiniert besah sich Balden die Bekanntschafts- und Freizeitrubriken, die aber kein besonderes Interesse hervorzurufen schienen, anderenfalls hätte er sich entsprechende Notizen gemacht. Diesbezügliche modernere Kommunikationsmittel benutzte er fast nicht, fürchtete er doch eine allzu leichte Überprüfbarkeit seiner Aktivitäten. Gerade als er das zweite Bier serviert bekam, stand, wie aus dem Boden gewachsen, die bewusste Dame vor ihm, nahe der Kellnerin und sah ihn wie während seiner Lesung aus ihren großen dunklen Augen verächtlich drohend an. Automatisch griff Gerolf Balden zu seinem Glas und nahm einen tiefen Schluck. Mit herausforderndem Blick bot er ihr schweigend einen Stuhl an. Die Dame ließ sich rasch nieder, ihr eisiger Gesichtsausdruck verfehlte ihre Wirkung auf Balden nicht. Unsicher hielt er den wohlgeformten Kopf für einige Sekunden nach unten, bevor er sie wieder mit einem gekünstelten Lächeln erneut ansah. Nur zu gut kannte er diese Frau, schließlich war er einige Jahre mit ihr liiert gewesen. Sie hatte es ihm nie verziehen, sich wegen einer anderen von ihr getrennt zu haben. Wieder gefasster fragte er Margrit, was sie von ihm wolle. Sie sah ihn nur an und schwieg beharrlich weiter. Erst nach einigen kleinen Schlucken vom bestellten schwarzen Kaffee begann sie mit kalter Stimme mit den altbekannten Vorwürfen. Was anschließend aus dem etwas zu kleinen Mund hervorsprudelte, nahm Gerolf Balden doch einiges von seiner wiedergefundenen Selbstsicherheit. Er war sich klar darüber, wie gefährlich Margrit für ihn werden konnte, ihre rasend übertriebene Eifersucht inbegriffen. Eigentlich, so überlegte er, während Margrit weiter auf ihn einredete, war sie mit ein wesentlicher Grund für seinen bisherigen Erfolg, hatte sie ihn doch ausreichend für sein Schaffen inspiriert. Das Schlimme war nur, Margrit wusste das zu genau. Er bestellte sich ein weiteres Bier, während Margrit weiter an ihrem Kaffee nippte. Schließlich kam sie zur Sache. Sie verlangte eine nicht unbeträchtliche Summe Geld für all das erlittene Unrecht. Seit der erzwungenen Trennung stand ihr bereits einiges zu, doch das reichte einfach nicht, wie sie ihm glaubhaft zu versichern versuchte. Für einen Moment fühlte sich Balden völlig hilflos. Was Margrit verlangte, war völlig unmöglich, schließlich hatte er zurzeit ganz andere und wichtigere Verpflichtungen, besonders seiner jungen gegenwärtigen Freundin gegenüber. Diese Beziehung würde er keinesfalls aufgeben, erklärte er, während er sich die Stirn wischte.

Margrit sah ihn dabei nur kalt lächelnd an. Sie war sich sicher, sie hatte Gerolf in der Hand, er musste weiterschreiben und veröffentlichen, ob er wollte oder nicht. Sie hatte es ihm vor der Trennung erklärt. Nur durch die diversen Mordfälle, die er in seinen Romanen beschrieb, konnte er einigermaßen sicher sein, nicht selbst Opfer eines raffinierten Verbrechens zu werden. Zu viele Frauen hatte er einfach so wie sie enttäuscht und gedemütigt. Seine Ängste vor solchen Racheanschlägen hatte Gerolf ihr selbst etliche Male gestanden. Zudem brauchte er einfach genügend Geld, um seinen Lebensstil fortführen zu können. Unsicher schaute ihr Ehemaliger zu ihr auf. Seine sonstige Redegewandtheit versagte im Moment. Im kleinen Café war es inzwischen leer geworden. Die ältliche Kellnerin sah vom Tresen argwöhnisch zu den beiden herüber. Sie grübelte die ganze Zeit darüber nach, woher sie die männliche Person wohl kannte. So gut es ihm gelang versuchte Gerolf, seine Unsicherheit zu überspielen und lächelte Margrit mit unbewegtem Gesicht an. Unverhofft erhob sich diese, verabschiedete sich mit einem kurzen Nicken und verließ mit eiligen Schritten das Lokal. Der Schriftsteller sah ihr lange nach, seine Gedanken kreisten gleichzeitig unentwegt, doch er konnte keinen wirklichen Ausweg aus seiner unangenehmen Lage erkennen. Er war sich lediglich klar darüber, wie groß Margrits Hass auf ihn sein musste, allein schon aus Neid auf seine junge blonde Freundin, die sie mit Sicherheit schon gesehen hatte, vielleicht auch schon in der Zeitung zusammen mit ihm. Seine Schwäche für junge Frauen hatte sie ja früh genug erkannt. Er bestellte sich einen Kaffee und zahlte anschließend. Nur wenig später verließ er die Örtlichkeit. Die Bedienung sah ihm nach, während sie den Tisch säuberte. Sie war sich jetzt sicher, mit wem sie es zu tun gehabt hatte. Der kurze Heimweg an der frischen Luft tat ihm gut. Sein Kopf war wieder klarer. Trotzdem sah er sich verstohlen um, ob ihm jemand folgte. Es waren jedoch kaum Menschen um diese Zeit zu sehen. Zu Hause angekommen, warf er sich todmüde auf sein breites Bett. Auf keinen Fall durfte Claudia von allem erfahren, dachte er noch, bevor er endlich einschlafen konnte. Den ganzen nächsten Tag grübelte Gerolf Balden zu Hause darüber nach, wie er Margrit am besten besänftigen könnte, unabhängig von den wohl fälligen weiteren Geldleistungen. Eine sofortige nicht allzu große Summe wäre wahrscheinlich angebracht, so überlegte er. Nervös wartete er auf Claudias versprochenen Anruf um diese späte Vormittagszeit, doch das Telefon blieb bisher still. Außerdem musste er das neue Manuskript endlich fertigstellen und dem Verlag abliefern, denn auch er benötigte weitere finanzielle Zuwendungen dringend. Seine eigene Großzügigkeit erschien ihm momentan selbst unangebracht, künftig, so überlegte er, würde er kürzertreten müssen. Den Schlussteil seines neuen Kriminalromans hatte er schon so gut wie fertig im Kopf, doch instinktiv scheute er sich davor, diesen ausgeklügelten Mordplan einer Ehefrau an ihrem Gatten zu Papier zu bringen. Hatte er vielleicht unbewusst Angst vor Margrit? Würde sie vielleicht auf diese Anleitung geradezu nur ungeduldig warten? Fürchtete er sich in seiner ausgeprägten Phantasie vor ihrer Rache? Die Zeit verging, doch Balden war sich nicht schlüssig darüber, was er wirklich tun sollte. Claudia hatte sich noch immer nicht gemeldet. Es war andererseits gut, dass sie verreist war wegen dieser medizinischen Fortbildungsveranstaltung außerhalb. Wie liebte er sie doch abgöttisch, sie würde er bestimmt heiraten, schon bald, ohne Wenn und Aber. Nach einem reichhaltigen späten Frühstück widmete er sich wieder der Arbeit an seinem Manuskript. Er hatte bisher noch keinen passenden Titel gefunden. Irgendwie kam er nicht recht voran, seine Gedanken schweiften immer wieder von Neuem ab. Er musste an die letzte öffentliche Lesung denken und an Margrits dortige Anwesenheit. Was hatte sie bloß noch alles vor? Balden nahm die Brille ab und rieb sich die schmerzenden Augen. Für heute würde es nichts mehr mit der Schreiberei, so viel war ihm nun klar. Am späten Nachmittag verließ er die Wohnung, nur um einfach herumzuschlendern. Die kühle Luft tat ihm gut. Bei seiner Bank erledigte er auch gleich die unangenehme Sache mit der Überweisung an Margrit. Hoffentlich wäre sie dann für die nächste Zeit etwas besänftigt. In einem Schnellrestaurant nahm er einen kleinen vegetarischen Imbiss zu sich. Balden achtete sehr auf seine Figur, andererseits hielt er von sportlicher Betätigung nicht viel. Sorgen bereitete ihm lediglich sein etwas schütteres blondes Haar, ansonsten empfand er sich als noch ganz passabel. Er wusste zu genau, wie gut er besonders bei jüngeren Damen ankam. Vielleicht sollte er doch mit irgendeinem Sport beginnen, überlegte er beim Essen an seinem Einzeltisch. An die großen Schaufensterscheiben vor seiner Nase klatschten plötzlich dicke Regentropfen, typisches Aprilwetter eben. Er bestellte sich ein Glas Weißwein und blickte leicht schläfrig auf das turbulente Straßengeschehen. Im nächsten Augenblick war Gerolf Balden hellwach und starrte sekundenlang wie gebannt in eine Richtung. Unter einem großen bunten Schirm hatte er Margrit und Claudia Arm in Arm untergehakt erkannt. Er beherrschte sich, sofort zu zahlen und die beiden zu verfolgen. Vielmehr lehnte er sich erneut zurück und dachte mit geschlossenen Augen nach. Sein Kopf tat ihm weh, und er fühlte sich unendlich einsam. Hastig trank er das Weinglas aus. Was hatte das

Ganze zu bedeuten? Warum hatte er dieses Spiel nicht schon längst durchschaut? Er ließ sich etliche Blatt Papier geben und begann wie verrückt die Seiten vollzukritzeln. Fast wie von selbst nahm das Manuskript einen völlig anderen Verlauf als wie ursprünglich vage vorgestellt. Er bestellte weiteren Wein und Schreibpapier, schrieb wie rasend, musste den Hergang so schildern, wie es ihn selbst tatsächlich, zumindest theoretisch betreffen könnte. Nur einzig darin konnte seine Rettung liegen, wurde ihm zunehmend bewusst. Er schrieb bis zum Abend, hatte immer wieder Papier und Wein nachgefordert, der Bedienung ein großzügiges Trinkgeld überlassen. Die anderen Gäste waren ihm völlig egal. Der Weinkonsum hatte ihn nach und nach gelöster gemacht. Er schrieb ausführlich über die beiden Frauen, gab dem fast fertigen Kriminalroman den Titel »Allein gegen zwei«. Die Hauptfigur im Roman kam zu Tode unter äußerst mysteriösen Umständen, aber natürlich würde die ganze Angelegenheit schließlich von der Polizei aufgeklärt werden. Es war längst dunkel, als er sich auf den Weg zu seiner Wohnung machte. Es regnete nur leicht, dafür wehte ein kräftiger Wind. Die dicht beschriebenen Manuskriptblätter trug Balden sorgsam in seiner Mantelinnentasche verstaut. Als er die Wohnung betrat, war er froh, hier heil angekommen zu sein. Trotz seiner merkwürdigen Beobachtung am frühen Abend wartete Balden voller Unruhe auf Claudias Anruf, wobei er sich weiterhin unschlüssig darüber war, wie er sich ihr gegenüber verhalten sollte. Er konnte ihr nicht wirklich finstere Machenschaften unterstellen. Nervös schaltete er das Fernsehgerät ein, achtete aber kaum auf die laufende Sendung. Die Wohnungstür hatte er vorsichtshalber abgeschlossen, den Schlüssel trug er bei sich. Claudia selbst besaß auch einen Schlüssel, fiel ihm ein. Vom Schreibtisch aus behielt er ständig das Telefon im Auge, doch alles blieb still, nur der Fernseher produzierte mäßige Geräusche. Es war schon weit nach 23 Uhr, Balden besah sich den eng beschriebenen Manuskriptteil mehrmals flüchtig, um seine innere Unruhe zu dämpfen. Nur wenige Minuten später vernahm er vom Arbeitszimmer aus dieses leise Geräusch, das er nur allzu gut kannte: Jemand schloss vorsichtig die Wohnungstür auf. Balden blieb wie gelähmt sitzen und horchte Richtung Flur. Die

Schreibtischlampe hatte er leicht verdreht, um besser zur Tür sehen zu können. Er schwitzte stark, fieberhaft begann sein kriminalistisch geschultes Hirn zu arbeiten, während er unbeweglich lauschte. Dann, im diffusen Halbdunkel, im Fernsehgerät setzte plötzlich leise schnulzige Musik ein, sah er sie beide vor sich: Margrit und Claudia, mit schnellen Schritten auf ihn loseilend, ohne ein einziges Wort zu sprechen. Margrit trug einen zusammengefalteten Regenschirm wie eine Waffe, Claudia hielt einen nicht erkennbaren runden dunklen Gegenstand in der linken Hand. Gerolf Balden saß wie festgeklebt an seinem Schreibtischstuhl und starrte zu den zweien. In Bruchteilen von Sekunden liefen vor seinem inneren Auge die Szenen ab, die er in ihn ähnlichen Situationen in seinen Romanen so oft beschrieben hatte. Fast gleichzeitig griff er automatisch in ein seitliches Schreibtischfach, entnahm eine weiße Tablette und spülte diese mit dem bereitstehenden halbgefüllten Wasserglas hastig herunter. Mit einem triumphierenden Lächeln sah er die zwei Frauen vor ihm an, bevor Kopf und Oberkörper auf den Schreibtisch fielen, direkt auf die aufgeschlagenen Manuskriptseiten. Die zwei Frauen blickten sich entsetzt und enttäuscht zugleich an, beruhigten sich jedoch bald sichtlich. Dem reglosen Balden entzogen sie das gesamte handschriftlich verbesserte Manuskript nebst den handschriftlichen Notizen und verließen gleich darauf lautlos die Wohnung des Schriftstellers Gerolf Balden. Ihre Schlüssel hatte Claudia in der Wohnung gelassen. Unbemerkt konnten sie beide das Haus wieder verlassen. Über ihre weitere künftige Zusammenarbeit könnten sie sich noch in aller Ruhe Gedanken machen. Auf keinen Fall durfte das letzte Manuskript in die falschen Hände kommen, schon um nicht selbst in Unannehmlichkeiten zu geraten. Irgendwann würden sie vielleicht erst richtig auf den Geschmack kommen. Bei der Beerdigung Gerolf Baldes, Wochen später, waren auffallend viele jüngere Frauen, modisch schwarz gekleidet, erschienen. In den meisten Gesichtern war schon eine gewisse Betroffenheit und Anteilnahme zu erkennen. Nur bei zweien von ihnen, etwas sich abseits haltenden, war davon so gut wie nichts festzustellen.

Zurück zur Natur

Als es endlich klingelte, atmete die zierliche weißhaarige Dame erleichtert auf. Rasch näherte sie sich dem Eingang und öffnete eher zögerlich der sehnsüchtig erwarteten Besucherin, ihrer alten Schulfreundin Eveline. Die beiden älteren Damen sahen sich lange an und umarmten sich schließlich herzlich. Mehr als vierzig Jahre hatten sie sich nicht mehr gesehen, hielten jedoch seit einiger Zeit wieder brieflichen und telefonischen Kontakt. Dass Carla Krötnitz diesen Kontakt gesucht hatte, lag an den besonderen Umständen ihrer Lebensverhältnisse. Im behaglichen Wohnzimmer war bereits der mit frischen Blumen geschmückte Kaffeetisch gedeckt. Bei selbst gebackenem Kuchen hatten sich die beiden Freundinnen eine Menge zu erzählen. Eveline, groß und kräftig, mit kurzen, noch wenig grauen Haaren, ehemalige Sportlehrerin, registrierte besorgt, trotz aller Heiterkeit, den leidenden Gesichtsausdruck ihrer Gastgeberin. Auch die Briefe und Telefonate in den letzten Monaten ließen sie vermuten, schon bald Näheres endlich zu erfahren. Carlas dunkle Augen huschten ständig ängstlich hin und her, während sie Kaffee und Kuchen servierte. Nach etwa einer halben Stunde, es war draußen leicht dämmerig geworden, begann Carla stockend und unsicher zu erzählen. Im Haus war es völlig still, die große Kerze brannte ruhig und ihr schwaches Licht schuf eine unwirkliche Atmosphäre. Auf die zwischenzeitliche Nachfrage nach ihrem Gatten und seinem Befinden begann Carla von Ereignissen und Vorfällen zu berichten, die im ersten Moment Eveline zweifeln ließen, ob ihre Freundin nicht an geistigen Störungen litt. Carlas Mann, Kurt, so erfuhr Eveline, lebte schon seit etwa einem Vierteljahr hinter verschlossener Tür oben im kleinen Zimmer unter dem Dach. Sie durfte ihm nur zu bestimmten Zeiten vegetarische Kost vor die von innen verschlossene

Tür stellen. Er hatte sich zudem weit vor dieser Zeit äußerlich erheblich verändert. Carla erhob sich und suchte im Halbdunkel einige Fotos aus einer Kommode heraus. Eveline sah sich die anscheinend heimlich aufgenommenen Fotos genauer an. Tatsächlich, gewisse körperliche Wandlungen waren nicht zu übersehen, besonders auf den neuesten Bildern: Kurt hatte einen riesigen Bauch bekommen, die Haut insgesamt schien voller Warzen zu sein, seine Augen hatten sich vergrößert und glotzten stumpf aus dem dicken Gesicht hervor, der Mund war deutlich erweitert und auf dem Kopf war das einstige volle Haar einer pickeligen Glatze gewichen. Als sie dann von dem entsetzlichen Geruch in den letzten Tagen berichtete, fühlte sich Eveline darin bestätigt, diesen bereits anteilig beim Betreten des Hauses wahrgenommen zu haben. Ungläubig Carla betrachtend, legte sie die Fotografien langsam auf den Tisch zurück.

Die Freundin hatte ihr gegenüber einmal telefonisch geäußert, so fiel ihr jetzt wieder ein, dass ihr Mann Kinder nicht mochte. Sie litt damals sehr darunter, andererseits liebte sie Kurt auch. Mittlerweile war es draußen völlig dunkel geworden, Eveline wollte sich gerade telefonisch ein Taxi bestellen, als die Ruhe im Hause von einem dumpfen, durchdringenden Ton unterbrochen wurde. Carla sah zu Eveline mit quälendem Entsetzen in den Augen. Diese schaltete das Licht der Stehlampe an, legte ihren Zeigefinger auf ihre geschlossenen Lippen und stieg langsam geräuschlos die Treppe hoch. Die Freundin schaute ihr zitternd nach. Es war das dritte Mal, dass sie diese Laute vernehmen musste, einmal sogar mitten in der Nacht. Sie waren kaum noch als menschlich zu bezeichnen, leidend und anklagend zugleich. Eveline musste unbedingt noch bei ihr bleiben, allein hielt sie es nicht mehr aus! Hilfe von irgendwelchen Nachbarn, hier in dieser Vorortgegend, konnte und wollte sie nicht erwarten. Langsam kam Eveline die Treppe herunter. Ihr bleiches Gesicht sprach Bände. Ihrer Meinung nach sprach Kurt im Traum, denn sie hatte kein Licht hinter der Tür erkennen können, und auch sonst war es dort drinnen völlig ruhig. Sie bot von sich aus an, noch einige Tage zu bleiben, was Carla mit großer Erleichterung aufnahm. Unten im Haus war genügend Platz, ein Gästezimmer stand immer zur Verfügung. Die beiden Frauen beratschlagten noch eine ganze Weile, was zu unternehmen sei, waren sich aber letztlich nicht schlüssig geworden. Schließlich, die schrecklichen Töne waren seit einer Weile wieder verstummt, gingen die beiden zu Bett. Jede von ihnen lag noch eine lange Zeit wach und horchte angespannt in die nächtliche Stille. Carla empfand seit der Zeit, in der Kurt nicht mehr sein Zimmer verließ, eine unbestimmte Angst vor ihm. Nachfragende Personen hatte sie immer mit derselben Antwort abgespeist: Ihr Mann ist schwer erkrankt und braucht völlige Ruhe. Natürlich wunderte man sich, niemals einen Arzt zu sehen, und so blieb es nicht aus, dass allerlei Gerüchte, auch in so einer wenig besiedelten Gegend, kursierten.

Am nächsten Tag saßen die beiden Frauen zeitig am Frühstückstisch. Beide hatten nicht sonderlich gut geschlafen, Eveline aß jedoch mit gutem Appetit, im Gegensatz zu Carla war sie psychisch doch erheblich stabiler. Insgeheim war sie sehr begierig zu erfahren, wie die ganze seltsame Angelegenheit wohl ausgehen werde. Vielleicht, so überlegte sie noch während des Frühstücks, immerhin war sie Sport- und Biologielehrerin gewesen, war das Ganze eine Spielart der Natur, eine genetische Abnormität, immerhin durchlief der menschliche Keimling im Mutterleib etliche Entwicklungsstadien. Mit Carla konnte sie natürlich so nüchtern nicht reden, das war ihr klar. Die ganze Zeit achteten die Frauen unwillkürlich nebenbei auf das kleinste Geräusch, doch Kurt schien noch immer zu schlafen. Auf einem Tablett brachte Carla Tomaten und Gurken nebst Milch nach oben vor die verschlossene Tür, lauschte angstvoll und schlich sogleich wieder die Treppe hinunter. Eveline schlug ihr einen gemeinsamen Spaziergang vor, vorbei am Wäldchen, zum nahe gelegenen See. Dankbar willigte Carla sogleich ein.

Unterwegs sprachen die Freundinnen nicht viel miteinander. Jede hing ihren eigenen Gedankengängen nach. Eveline, die niemals geheiratet hatte, bedauerte ihre Freundin. Am See angekommen, setzten sie sich auf eine abgelegene Bank. Das Wasser war spiegelglatt, ein schwacher Wind bewegte den dichten langgezogenen Schilfgürtel am Uferrand, vereinzelte Vögel zogen ihre Bahnen über dem Gewässer, dessen gegenüberliegendes Ufer in weiter Ferne lag und kaum zu sehen war. Carla hatte hinsichtlich

Kurt natürlich die schlimmsten Befürchtungen. Alles fing anscheinend vor Monaten damit an, wie sie erzählte, als sie die ersten äußerlichen Veränderungen an ihm bemerkte, nämlich diese feinen rosaroten winzigen Hautfalten zwischen seinen Fingern. In seinem Verhalten ihr gegenüber hatte er sich schon längst verändert, am bedrückendsten war seine unnatürliche Stimme für sie geworden. Eveline versicherte ihr jeden erdenklichen Beistand und schlug vor, in der Stadt die notwendigen Einkäufe und Besorgungen gemeinsam zu erledigen. Erfreut nahm die Freundin dieses Angebot an. Mit bepackten Taschen waren sie nachmittags endlich wieder zu Hause. Carla trug das geleerte Tablett von oben in die kleine Küche, von ihrem Mann war wie meistens nichts zu hören. Nach dem Kaffeetrinken bereiteten die zwei gemeinsam das Abendessen vor. Carla war eine gute Hausfrau, ihre Freundin war fast ein wenig neidisch auf ihr Können, mochte aber keineswegs mit ihr tauschen. Ihre Nervosität übersah sie absichtlich, ihrer Meinung nach hatte sie selbst schon Schlimmeres durchstehen müssen. Nach dem Abendessen, mit Appetit aß nur Eveline, saßen sie noch eine Weile vor dem Fernsehgerät und sahen mehr oder weniger aufmerksam einem Kriminalfilm zu. Nach einigen Gläsern Rotwein schien die bedrückende Stimmung wie weggeblasen, Carla lächelte sogar einige Male zaghaft, als Eveline von einstigen gemeinsamen Jugendstreichen erzählte. Dennoch horchten beide auf das kleinste Geräusch im oberen Stockwerk. Dieses Mal war es weit nach Mitternacht, als sie endlich schlafen gingen. Ihre Zimmer lagen direkt nebeneinander, gleich hinter der steilen hölzernen Treppe. Während Eveline schon bald einschlief, wälzte sich Kurts Ehefrau mit wachen Augen noch lange hin und her, bis sie endlich in einen unruhigen Schlaf fiel. In wirren Träumen war sie schlüssigen, einleuchtenden Erklärungen für Kurts Verwandlung oft so nahe, bis sie zwischendurch wieder aufwachte. Halb im Traum, vermeinte sie erneut diesen penetranten Geruch wahrzunehmen, der sich vom oberen Treppenbereich kaum merklich auszubreiten schien. Sie klopfte an Evelines Zimmerwand, doch dahinter blieb es still.

Etwa eine halbe Stunde später, es war kurz vor vier Uhr morgens und schon spätsommerlich hell, erwachte auch Freundin Eveline. Instinktiv, ohne besondere Absicht, erhob sie sich aus ihrem Bett, öffnete das Fenster und atmete tief die frische Morgenluft ein. Über dem See, hinter dem kleinen Waldgebiet hingen vereinzelte Nebelschwaden. Leise schritt sie zur Tür, schloss diese von innen auf und öffnete sie vorsichtig einen Spaltbreit. Sogleich roch ihre empfindliche Nase diese widerliche Ausdünstung von oben. Sie wollte gerade bei Carla klopfen, als sich oben die bewusste Tür öffnete, während sie kaum noch atmen konnte. Schnell verschwand sie hinter ihrer eigenen und sah durch einen winzigen geöffneten Spalt im Halbdunkel des Treppenflures eine grauenhafte Gestalt mühsam ächzend und stöhnend heruntergleiten, mehr auf vier als auf zwei Beinen, eine glitschige Schleimspur hinter sich herziehend. Ab und an waren die bewussten quäkenden langgezogenen Töne zu hören, die auch in Evelines Ohren schauerlich klangen. Aus dem Gesicht sahen froschhafte Augen ausdruckslos heraus, alles andere blieb weitgehend aufgrund der Dunkelheit im Flur glücklicherweise verborgen. Eveline beobachtete das Verschwinden dieses Wesens, nachdem es laut und gewaltsam die Haustür geöffnet hatte, bis zu dem Moment, wo es sich über die menschenleere Straße hinwegbewegte, um im Waldgebiet dahinter einzutauchen, höchstwahrscheinlich mit dem Ziel, den großen nahen See zu erreichen. Mit noch klopfendem Herzen drückte sie die Türklinke nebenan herunter. Carla stand dahinter in einem dünnen weißen Morgenmantel wie ein Gespenst. Wortlos schloss Eveline die sperrangelweit offen stehende Haustür. Gemeinsam machten die Frauen sich daran, Flur und Treppe grob zu säubern. In Kurts Zimmer wagte sich zwangsläufig nur seine eigene Frau. Notdürftig machte sie auch dort sauber und schloss den Raum ab. Beim gemeinsamen Frühstück, das überwiegend nur aus starkem Kaffee bestand, fanden die Freundinnen endlich wieder Worte miteinander. Carla war sich sicher, Kurt für immer verloren zu haben. Sie bat Eveline, auf keinen Fall anderen Leuten oder sogar der Polizei von diesem Vorfall zu berichten. Diese versprach es hoch und heilig. Sie hatte jetzt nur noch einen Wunsch, möglichst bald diese unselige Stätte zu verlassen. Ihr weit entferntes eigenes Zuhause war ihr doch entschieden lieber! Nach dem kargen Frühstück drängte es Carla, sich an den See zu begeben. Eveline sollte inzwischen ihre Sachen packen. Seltsamerweise, trotz alledem, hoffte sie, irgendein Lebenszeichen von Kurt zu vernehmen, schließlich hatten sie sich einmal wirklich geliebt. In dieser Frühe war niemand sonst in der Nähe des Sees zu erblicken. Carla saß auf der Bank, fror leicht und starrte auf das Wasser. Kleine Wellen kräuselten sich und schwappten glucksend in das riesige Schilfgebiet hinein. Von weit weg im See war plötzlich ein langgezogener Ton zu hören, der diesmal keineswegs unangenehm klang. Trotz aller Versuche konnte sie jedoch niemanden erkennen. Carla fühlte aber, dass Kurt jetzt glücklich war. Sie stand auf, winkte lange lebhaft in die bewusste Richtung, und ging erleichtert nach Hause. Eveline war schon verschwunden, sie hatte nur einen kurzen Abschiedsgruß hinterlassen. Seitdem hatten sich die zwei Freundinnen nie mehr gesehen oder voneinander gehört.

Doppelt hält schlechter

Trotz des guten Essens, seine Frau war eine Meisterköchin, empfand er es erneut als ein Unglück, was sein eigenes Aussehen betraf. Wie viele Leute hatten ihn schon darauf angesprochen, wie groß doch seine Ähnlichkeit mit dem bekannten Schauspieler R. sei. Hinzu kamen auch noch die Tatsache der übereinstimmenden Vornamen und das bewegte Privatleben des anderen, das in einschlägigen Medien ständig ausgeschlachtet wurde. Robert hatte sich gleich nach dem sonntäglichen Mittagessen in sein Zimmer zurückgezogen, um Karin nicht mit seiner Stimmung zu belasten. Nach über zehnjähriger Ehe liebte er seine Frau noch immer sehr, fürchtete neuerdings jedoch häufiger, sie sähe in ihm nur den anderen, berühmten R. Er legte sich auf das schmale Sofa und sah nachdenklich durch das Fenster in den kleinen Garten. Es war Winter und ziemlich kalt, bisher hatte es nur vereinzelt geschneit. Sie hatten keine Kinder, Karin hatte damals die fixe Idee beherrscht, dass sie ein Kind erst nach zwei Jahren Schwangerschaft gebären könnte. Alles ärztliche Einwirken hatte sie von ihrer Überzeugung nicht abbringen können, und Robert hatte es stillschweigend hingenommen. Mit seiner schmalen langen Hand strich er sich über sein leicht welliges blondes Haar. Er war stolz darauf, noch nicht wesentlich ergraut zu sein, die meisten seiner Kollegen, auch jüngere, waren es längst. Als er die Augen schloss, sah er sofort wieder die bewussten Filmszenen mit dem anderen, berühmten Robert vor sich. Karin zuliebe hatte er es über die Jahre hinweg geschafft, seine vielfältigen, nicht immer edlen Triebe im Zaum zu halten, doch er, der Berühmte, lebte sie unverfroren aus, nicht nur im Film, und das Publikum war obendrein davon noch begeistert. Robert sank schließlich in einen leichten Schlaf. Die schwache Sonne vor dem Fenster war verschwunden, die kahlen

Äste des alten Kastanienbaumes bewegten sich lautlos im leichten Wind hin und her. Im kleinen Haus herrschte tiefe Stille, Karin war nach dem Essen zu ihrer Mutter gegangen, die nur einige Straßen weiter wohnte. Insgesamt verlief die Ehe der beiden harmonisch, Robert störte lediglich öfter, dass seine Frau zu bestimmten Dingen sich einfach nicht äußern wollte, mochte er auch noch so geschickt nachhaken. Er musste sich sehr beherrschen, um ihr gegenüber nicht ausfallend zu werden. Karin lächelte dann meist still aufreizend, sah ihn mit ihren riesigen dunklen Augen unentwegt an, glaubte anscheinend, er imitiere nur eine Rolle des anderen R. Als er aufwachte, war es später Nachmittag geworden, das Zimmer lag im Dunkeln. Wenigstens hatte er nichts Unangenehmes geträumt, stellte Robert befriedigt fest. Karin schien noch außer Haus zu sein, unten war alles ruhig. Er schaltete die Stehlampe ein, erhob sich langsam und betrachtete sich im großen Spiegel des alten Kleiderschranks an der Wand gegenüber. Verblüffend diese Ähnlichkeit, stellte er wieder einmal fest, und obwohl er blendend aussah, stieg dieser dumpfe Ärger in ihm hoch. Warum eigentlich diese ständige Anstrengung, es allen recht zu machen, nicht sein zu dürfen, wie er selbst war?

Er hatte es satt, eine Rolle spielen zu müssen, wollte endlich er selbst sein. Wer war er wirklich? Unsicher lächelte er seinem Spiegelbild zu, doch auch dabei sah er aus wie der andere, so musste er mit Bitterkeit zugeben. Im gleichen Augenblick hörte er, wie Karin das Haus betrat. Sollte er sofort anfangen, er selbst zu sein, oder lieber bis zum Wochenbeginn damit warten? Robert entschloss sich zu Letzterem, strich sich eine blonde Haarsträhne zurück, und begab sich die Treppe hinunter, um Karin zu begrüßen. Sie lächelte ihm freundlich zu, dabei leicht zerstreut, und zog sich in ihr Zimmer zurück, um etwas auszuruhen, wie sie Robert wissen ließ. Dieser bekam ein ungutes Gefühl. Er ging ins Wohnzimmer und rief seinen Freund Olaf an, um sich darüber auszulassen, was ihn so belastete. Der Apparat blieb jedoch dauernd besetzt, wahrscheinlich hatte er wieder Frauenbesuch und wollte nicht gestört werden, vermutete Robert sogleich. Er stellte den Fernseher an und ließ sich in einen Sessel fallen. Es war zum Verrücktwerden, wieder lief ein Film mit dem anderen Robert, irgendeine

Liebesschnulze. Ärgerlich schaltete er das Gerät aus. Erstmalig ängstigte ihn die Ruhe im ganzen Haus. Leise erhob er sich, schlich die Treppe hoch und lauschte vor Karins Zimmertür. Kein einziges Geräusch drang von dort zu ihm. Behutsam drückte er die Türklinke hinunter und betrat den dunklen Raum. Seine Frau lag auf dem Bett und schlief fest, noch halb angezogen. Als er sich ihr langsam näherte, nahm er leichten Alkoholgeruch wahr. Innerlich wütend zog er sich bis zur Tür zurück. Dabei streifte sein Blick im Halbdunkel ein eingerahmtes Foto auf dem Nachttisch. Er sah es zum ersten Mal dort stehen. Zuerst glaubte er, es sei ein Bild von ihm, doch dann erkannte er das bekannte Autogramm unter dem Bild. Außer sich verließ er das Zimmer, dennoch bemüht, die Tür nicht zu laut zu schließen. Anschließend genehmigte er sich ein großes Glas aus der spanischen Flasche im Glasschrank im Wohnzimmer. Was hatte das alles zu bedeuten? Wieder wählte er Olafs Telefonnummer, aber der Apparat war weiterhin besetzt. War Karin überhaupt bei ihrer Mutter gewesen? Hastig wählte er deren Rufnummer, doch dort meldete sich niemand. Trotz eines weiteren Glases geriet Robert in Panik. Betrog ihn Karin mit dem anderen, und er hatte nichts bemerkt? Seine Erregung steigerte sich, dennoch brachte er es nicht fertig, Karin zu wecken und um Aufklärung zu bitten. Als diese etwa zwei Stunden später endlich im Wohnzimmer erschien, sah Robert sie schweigend mit bösem Blick an. Selbst diese Szene kam ihm bekannt vor, jedoch war er ganz und gar nicht zum Spaßen aufgelegt. Mit schneidender Stimme fragte er Karin, wie es ihrer Mutter gehe. Karin blickte ihn nur sehr erstaunt an und schwieg weiterhin beharrlich. Auch als er schließlich nach dem Bild auf dem Nachttisch fragte, bekam er keine Antwort von ihr zu hören. Wütend zog er sich in die Küche zurück und machte sich etwas zum Abendbrot zurecht. Am liebsten hätte er seine Frau ordentlich verprügelt, bezwang sich aber rechtzeitig, Karin war in ihrem Zimmer verschwunden, wie Robert mitbekam. Am späten Abend verließ sie wortlos das Haus, ohne dass sie sich noch vorher sahen. Robert tobte wie besessen, wühlte in Karins persönlichen Sachen überall herum und wusste dabei selbst nicht, was er eigentlich suchte.

Der Inhalt der spanischen Flasche neigte sich zusehends seinem Ende entgegen. Mit stierem Blick starrte Robert in irgendein Fernsehprogramm. Zufällig war es kein Film mit dem bekannten Schauspieler. Robert lachte laut aufreizend auf. Er spürte die Wirkung des Alkohols, wusste auch, dass er bald betrunken sein würde. Es war weit nach Mitternacht, als Karin zurückkam. Wutentbrannt schoss er aus dem Wohnzimmer heraus und wollte sich auf sie stürzen. Jäh hielt er inne und wich zurück. Neben seiner Frau stand lächelnd der andere Robert im Hausflur. Karins Mann glaubte verrückt zu werden und ging heftig gegen den anderen vor, der ihm jedoch geschickt auswich, immer mit einem verbindlichen Lächeln auf dem schönen Gesicht. Robert begriff bald immer weniger, was mit ihm geschah, so entsetzlich müde wurde er plötzlich. Karin und den anderen sah er nur noch wie durch eine Nebelwand, dann konnte er sich an nichts mehr erinnern. Es war Glück im Unglück, als er im eigenen Auto sitzend langsam wieder erwachte. Er fror entsetzlich, alles tat ihm weh. Nur allmählich wurde sein Kopf etwas klarer. Karin hatte offensichtlich nicht bedacht, dass die Standheizung vorprogrammiert war, bevor Robert das Haus verließ, um zur Arbeit zu fahren. Sichtlich geschwächt verließ er das Auto und wankte in der schneidenden Kälte auf das Haus zu. Es hatte inzwischen stark zu schneien begonnen. Karin und der andere lagen eng beieinander im Bett und starrten ihn wie ein Gespenst an, als er mit unsicheren Schritten vor ihnen erschien. Keiner von den dreien sprach ein Wort, Robert nicht vor Schwäche, den beiden anderen hatte es sichtlich die Sprache verschlagen, auch dem sonst so beredten Schauspieler. Die Wärme im Haus weckte Roberts Lebensgeister zusehends. Er war jetzt völlig nüchtern, schaute fast belustigt auf die beiden im Bett. Er fühlte sich sogar erleichtert, wie von einer schweren Last befreit. Er war jetzt wieder er selbst, auch wenn der andere, wie er nach einem raschen Blick auf die unordentlich abgelegten Kleidungsstücke auf dem Stuhl bemerkte, zuvor so angezogen war wie er selbst. Seine Wut, besonders auf Karin, war plötzlich verraucht, wahrscheinlich war auch sie nur ein Opfer wie er selbst, wenn auch auf andere Art und Weise und mit weniger bedrohlichen Folgen, wenn alles nach Plan gelaufen wäre. Schweigend verließ er Karins Zimmer, duschte, zog sich um, telefonierte mit dem Büro und fuhr mit seinem Auto in aller Ruhe zur Arbeit, wo er genügend Zeit haben würde, um über die ganze Angelegenheit nachzudenken. Vor allem aber freute er sich auf ein kräftiges Frühstück mit heißem Kaffee, welches ihm seine Sekretärin nur zu gerne bereiten würde. Sollten doch die beiden Verschwörer machen, was sie wollten! Nach dem Frühstück im Büro rief Robert seinen Freund Olaf in dessen Firma an. In aller Kürze erzählte er ihm von den jüngsten Geschehnissen, während er seiner Sekretärin zwischendurch vielversprechend zulächelte. Olaf bot ihm jede erdenkliche Hilfe an, lud ihn ein, seine große Wohnung mitzubenutzen, solange er nur wolle. Nach dem Frühstück bearbeitete Robert die wichtigsten Vorgänge, leistete diverse Unterschriften für die herausgehenden Schreiben und lud seine Sekretärin zum Mittagessen ein, ohne sich um das übliche Gerede nur einen Gedanken zu machen. Erst kurz vor Feierabend dachte er wieder an seine Frau. Sie tat ihm nur noch leid, ahnte er doch, sie würde ein ähnliches Schicksal erleiden wie all die anderen Frauen, nicht nur wie die in manchen Filmen.

Sie war Eigentümerin des Hauses, es würde ihr also nicht unbedingt schlecht gehen. Außerdem war auch ihre Mutter finanziell gut versorgt. In Olafs Wohnung fühlte er sich sehr wohl. Sie verstanden sich gut und hatten viele gemeinsame Erlebnisse. Karin und ihr Idol nahmen in seinen Gedanken immer weniger Platz ein. Er würde später über weitere Schritte entscheiden. Irgendwie liebte er sie immer noch, wenn auch gänzlich anders! Seiner Sekretärin, die er inzwischen offiziell mit ihrem Vornamen Vera anredete, erzählte er keine Einzelheiten von der ganzen Angelegenheit, auch auf Anraten von Olaf hin. Er erwähnte lediglich, dass er in Trennung von seiner Frau lebte, was Vera keineswegs bedauerlich fand. Erst als er eines Tages damit begann, sein Äußeres schrittweise zu verändern, um nicht mehr dem anderen zu gleichen, machte Vera ihm erstaunlicherweise heftige Vorwürfe. Fast wäre es während einer abendlichen Verabredung zu einem Essen und anschließendem Barbesuch zu einer ernsthaften Auseinandersetzung gekommen, die eine Beendigung der Beziehung bedeutet hätte. Noch während des abendlichen Essens musste Robert versprechen, dem anderen wieder weitgehend ähnlich zu sein, insbesondere wieder blonde Haare aufzuweisen. Tatsächlich sah Robert mit geschwärzten Haaren nicht besonders vorteilhaft aus, auch wenn er es begrüßte, dadurch weniger von fremden Leuten angestarrt zu werden. Dieses und andere Zugeständnisse nahm er letztlich in Kauf, liebte er doch Vera umso heftiger, je mehr Zeit sie miteinander verbrachten. Ebenso wenig konnte er sich entziehen, wenn Vera hingerissen einen Film mit dem anderen Robert im Fernsehen anzusehen wünschte. Nur wenn sie ihn dabei mehrmals glücklich anschaute und so bezaubernd lächelte, war Robert mit sich und der Welt für eine Weile zufrieden. Insgeheim arbeitete er jedoch nur geringfügig daran, seine eigene Persönlichkeit zu festigen, wenigstens innerlich unabhängig von der berühmten anderen Person zu werden. Allein vor dem großen Spiegel in Olafs Wohnung stehend, musste er sich eingestehen, dieses Ziel wahrscheinlich nie zu erreichen. Nach fast einem Jahr bezog Robert mit seiner Freundin Vera eine kleine gemütliche Wohnung. Olaf hatte inzwischen die Frau fürs Leben kennengelernt, wie er versicherte. Robert war es sehr recht, so konnte er Vera leichter dazu bewegen, mit ihm zusammenzuziehen. Er kümmerte sich sehr um seine junge Freundin, versprach ihr die spätere Heirat hoch und heilig, las ihr fast jeden Wunsch von den ausdrucksvollen Augen ab. Es störte ihn auch nicht mehr besonders, wenn er manchmal spontan gebeten wurde, ein Autogramm zu geben, womit er Vera ebenfalls eine Freude machte. Über sein neues Glück hatte er nahezu alle Widerwärtigkeiten vergessen. Nur einmal, für einen kurzen Moment, als er unlängst rein zufällig ein Foto mit dem bewussten verschnörkelten Autogramm darunter, mit jüngstem Datum versehen, tief versteckt in einem Schubladenfach im Schlafzimmer fand, keimte in ihm ein unsägliches Hassgefühl gegenüber allem Weiblichen auf, was ihn zeitweise in tiefste Verunsicherungen stürzte. Die Frau an seiner Seite, die er schließlich auch heiratete, blühte dagegen geradezu sichtbar auf, hatte sie doch fast alles erreicht, was sie sich so beharrlich vorgestellt hatte.

Die verschwundenen Kinder

Die Arbeit im Krankenhaus strengte an. Es gab Zeiten, in denen sie alles von ihr Verlangte wie in Trance bewältigte, ähnlich einem programmierten automatischen Apparat. Mit dem Trinken nach der Scheidung vor drei Jahren hatte sie aufgehört, als sie sich vor dem Spiegel selbst nicht mehr ertragen konnte. Sie war jetzt Anfang vierzig, kinderlos, sah sich mit Mängeln behaftet, die sich zu häufen schienen, dennoch bemühten sich besonders jüngere Männer um sie, Maria Gebhardt, die eine belastende Fähigkeit besaß, schon seit früher Kindheit: Sie war in der Lage, ziemlich sicher vorauszusagen, wann der Betreffende mit seinem Ableben rechnen könne, jedoch nur auf ausdrückliche Anfrage hin. Zu näheren Umständen hätte sie sich aber nicht äußern können. Vielleicht hatte sich diese Fähigkeit verfestigt, seitdem Maria im Krankenhaus tätig war. Die Fülle von tragischen Einzelschicksalen erschreckte sie anfangs, besonders wenn es um Kinder und ältere Menschen ging. In den letzten Monaten war eine heftige Angst vor dem eigenen Altern hinzugekommen. Seltsamerweise blieben ihr Erkenntnisse über das eigene Ableben verschlossen, selbst in ihren häufigen intensiven nächtlichen Träumen. Auf jeden Fall hatte sie sich vorgenommen, nicht mehr zu heiraten, und das Kapitel Kinder war für sie endgültig abgeschlossen. Heute, nach Dienstende, wollte Maria auf dem Nachhauseweg einen Schaufensterbummel machen, einfach um sich von der anstrengenden Arbeit etwas abzulenken. Außerdem war sie süchtig nach frischer Luft. Es war Ende Oktober und noch relativ angenehm warm. Maria schlenderte eine belebte Geschäftsstraße entlang, besah sich etliche Auslagen besserer Geschäfte, wobei sie gleichzeitig daran dachte, was ihr gegebenenfalls überhaupt finanziell erschwinglich wäre. Vor einer eleganten Boutique verweilte sie länger, besah sich die teuren Kleidungsstücke so lange, bis sie sich in der Schaufensterscheibe eingehend selbst betrachtete: Ihr leidender Zug um den vollen, geschwungenen Mund hatte sich offensichtlich verstärkt. Die großen ausdrucksvollen braunen Augen zogen Maria selbst in ihren Bann, und auch an ihrer Figur konnte sie eigentlich nichts wirklich bekritteln. Nur, dass ihre vollen braunen Haare, die sie straff nach hinten gekämmt zusammengebunden trug, erste sichtbare graue Strähnen enthielten, betrübte sie etwas. Sie war sich unschlüssig, den Laden zu betreten, denn eigentlich wusste sie nicht, was sie kaufen wollte. Gerade im Weitergehen begriffen, begegnete Maria eine größere Kindergruppe im Vorschulalter, zusammen mit zwei älteren weiblichen Erwachsenen, die ihr sofort äußerst merkwürdig vorkam, vornehmlich was die Bekleidung der Kinder anging. Die Kinder hielten sich zu dritt an den Händen gefasst, in mehreren Reihen hintereinander. Sie waren merkwürdig still und für diese Jahreszeit viel zu dick angezogen, mit Mütze, Schal und Handschuhen, sodass kaum von den Gesichtern etwas zu sehen war. Besonders auffällig fand Maria die eigenartig tippelnden Schritte der Kinder, so als ob ihnen das Laufen Mühe machte. Ein plötzlich aufkommender Wind machte für wenige Augenblicke einige Kindergesichter näher erkennbar. Maria war sich nicht sicher, doch glaubte sie ganz fest, nicht junge, sondern greisenhafte Gesichter wahrgenommen zu haben. Im nächsten Augenblick trieben die Erwachsenen wortlos die Kleinen zu größerer Eile an, denn es hatte angefangen zu regnen. Wenig später war die seltsame Gruppe in einer Seitenstraße verschwunden. Maria schaute dem ganzen Spuk ungläubig nach, zog sich den Kragen ihres Trenchcoats hoch und begab sich rasch auf den Heimweg. Nach dem Bad machte sie es sich bequem bei heißem Kaffee und dachte angestrengt über diese merkwürdige Begegnung nach. Auch während des Abendbrots und laufenden Fernsehprogramms konnte sie nicht wirklich abschalten. Sie ging früh zu Bett, schlief jedoch erst nach längerer Zeit ein, diesmal ohne zu träumen, jedenfalls konnte sie sich am nächsten Morgen nicht erinnern. Es war Wochenende. Leider musste sie ihre kranke Cousine besuchen, in einem kleinen Nest, etwa eine Autostunde von der Stadt entfernt. Gleich nach dem Frühstück bestieg Maria das kleine graue Auto und fuhr los.

Es war feucht und nebelig, die Sonne kaum zu sehen. Sie hatte die Stadt bald hinter sich gelassen und fuhr auf der Fernstraße nach Norden weiter, weitab von der meist stark befahrenen Autobahn. Ihre kranke Cousine war zehn Jahre älter als sie, an den Rollstuhl gefesselt. Die Geschenke lagen verpackt auf dem Rücksitz: Buch, Blumen und ein gutes Parfüm. Auf der Fernstraße begegneten ihr nur wenige Fahrzeuge, auch hinter ihr war alles leer, nur einmal wurde sie von einem Sportwagen überholt. Statt an die Kranke zu denken, grübelte sich über die gestrige Kindergruppe nach. Gedankenverloren sah sie über die abgeernteten Felder zu ihrer rechten Seite. Dahinter zog sich ein größeres Waldstück hin. Am Rande des Waldes erspähte sie ein langsam fahrendes größeres grünes Fahrzeug, allem Anschein nach ein Bus, wie Maria vermutete. Eine eigenartige Neugier befiel sie. Den nächsten größeren Feldweg bog sie ab, in der Hoffnung, sie wusste nicht einmal warum, dem grünen Bus folgen zu können, der nun nicht mehr zu sehen war. Der Feldweg blieb holprig, sodass sie nur langsam vorwärtskam. Als sie endlich den Waldrand erreichte, musste sie ihr Fahrzeug anhalten. Der modrige schmale Waldweg war voller Löcher, in denen teilweise Wasser stand. Die frischen Busspuren konnte man deutlich sehen. Den vorgenommenen Besuch hatte Maria vollständig vergessen. Sie musste unbedingt wissen, wohin der Bus mit seiner schweren Last gefahren war. Sie konnte es an den Reifenspuren feststellen. Maria verspürte eine eigenartige Aufregung in sich, die ihr gleichzeitig Mut einflößte, verbunden mit einem Gefühl, das sie so bisher nicht kannte. Sie fuhr das Auto hinter einige größere Büsche, damit es nicht sofort zu sehen war. Ihr Instinkt sagte ihr, hier auf einer besonderen Fährte zu sein. Nur gut, dass sie sich nicht besonders zurechtgemacht hatte, so konnte sie einigermaßen gut zu Fuß der Spur folgen.

Der schmale Waldweg schlängelte sich durch dichten Mischwald, dessen bunter Laubteppich sich überall ausbreitete. Maria Gebhardt musste aufpassen, um nicht in eines der vielen kleinen Wasserlöcher zu treten. Ihre Schuhe waren mit schwarzer feuchter Erde verschmutzt, besonders unter den Sohlen. Ein kleiner bunter Vogel hüpfte aufgeregt von Ast zu Ast vor ihr her, stieß einen lauten Warnruf hervor, bevor er sie plötzlich verließ.

Bei jeder leichten Biegung glaubte Maria, endlich am unbekannten Ziel zu sein. Nach weiteren zehn Minuten, sie war bereits eine halbe Stunde unterwegs, sah sie vor sich ein wenig einsehbares größeres Gebäude und auf dessen Einfahrt den grünen Bus stehen. Das Gelände war mit einem hohen stabilen Metallzaun umgeben. Maria näherte sich vorsichtig von der Seite her und suchte nach eingebauten Kameras. Es war jetzt früher Nachmittag, die Sonne blieb hinter grauen Wolkenmassen versteckt. Schnell lief sie durch die große Einfahrt auf den Bus zu, der natürlich leer war. Nichts in seinem Inneren deutete auf irgendwelche Besonderheiten hin. Maria beschloss, um das Haus, dicht an seinen Wänden, herumzulaufen, die buschartigen Anpflanzungen gaben ihr dafür eine gute Deckung. Sie sah sofort, dass die wenigen Fenster vergittert waren. Von nirgendwo war ein Geräusch zu hören, selbst ein Vogel nicht. Irgendein Firmenschild oder eine Namensangabe hatte sie zuvor nicht entdecken können. Ein schwacher, kaum wahrnehmbarer Geruch erinnerte sie sofort an ein Krankenhaus. Während sie das Haus umrundete, entdeckte sie ein halb geöffnetes Fenster, sogar ohne Gitterstäbe und Gardinen. Sie versuchte, zuerst die schwere Haustür vorsichtig zu öffnen, natürlich vergebens. Eine Klingel war nicht vorhanden, sie hätte diese sowieso nicht benutzen können für das, was sie vorhatte. Statt durch das Fenster in das Haus zu gelangen, nahm sie sich vor, durch eine kaum sichtbare schmale Kellertür einzudringen, deren steinerner Treppeneingang völlig verwildert war. Maria schaute auf ihre Uhr, ihre Cousine fiel ihr plötzlich ein, doch das war jetzt unwichtig, sie musste ein Geheimnis ergründen, das, wie sie spürte, von größter allgemeiner Tragweite zu sein schien. Sie horchte nochmals am offenen Fenster, hörte rein nichts, roch dafür aber deutlich mehr. Bisher hatte sie keinen Menschen gesehen, draußen nicht und drinnen nicht. Ohne jedes Angstgefühl machte sie sich an die verrottete Kellertür. Mit aller Kraft hob sie diese an und drückte sie gleichzeitig nach innen. Ein leichtes Quietschen, und sie hatte die Tür einen Spaltbreit geöffnet, gerade weit genug, um mit ihrem schlanken Körper hindurchzukommen. Ihr fiel ein, dass das mobile Telefon im Auto lag, gut versteckt, was jetzt aber nicht mehr zu ändern war. Außerdem, wen hätte sie bei

Gefahr wirklich anrufen sollen? Eine ihrer wenigen Freundinnen, die alle nur mit sich selbst beschäftigt waren, mit ihren eigenen Problemen, die zugegebenermaßen nicht in jedem Fall unbedeutend waren? Bevor sie den Kellerbereich betrat, hörte sie das Geräusch des abfahrenden Busses. Selbst konnte sie ihn nicht mehr sehen. Ärgerlich, zu gern hätte Maria gewusst, ob er leer oder besetzt davonfuhr.

Der Kellerraum war stockdunkel. Gut, dass sie ihre kleine Stabtaschenlampe eingesteckt hatte. Die Räume schienen leer zu sein, nichts deutete auf irgendwelche Tätigkeiten im Hause hin. Maria stieg eine schmale Holztreppe mit nur wenigen Stufen hoch. Die Tür, vor der sie bald stand, war verschlossen. Es gelang ihr mit einiger Mühe und mit Hilfe eines Taschenmessers, die Tür zu öffnen. Sie horchte, aber kein Laut war im Halbdunkel zu hören, nur dieser Geruch war sofort wieder da. Weit vorn vor ihr, ein langer dunkler Gang führte dorthin, sah Maria helles Licht hinter riesigen Milchglasscheiben. Verschwommen, fast schattenhaft bewegten sich dort Personen bei einer Arbeit, die Maria nur erahnen konnte. Der Geruch war stärker geworden, sie hatte Mühe, sich wach zu halten. In der Mitte des Ganges, auf der rechten Seite, gegenüber befanden sich zwei vergitterte Fenster, fiel ihr eine große, zweiflügelige hölzerne weiß gestrichene Tür auf. Neugierig öffnete Maria diese behutsam ein wenig. Sie sah einen riesigen Schlafsaal, ebenfalls im Halbdunkel, vor sich, mit schweren dunklen Vorhängen vor den Fenstern. Die vielen Kinderbetten, in Reihen aufgestellt, anscheinend zum Teil auch belegt, überraschten Maria nicht besonders, etwas in dieser Art hatte sie fast erwartet. Lautlos näherte sie sich einem vermuteten belegten Bett und zog langsam die dünne Filzdecke vom leblos darunter liegenden Körper ein wenig zurück. Der Anblick ließ sie, trotz aller böser Vorahnungen, erschrecken. Der spärlich bedeckte Kinderkörper war zum Teil vergreist: graue Haare auf dem Kopf, viele Falten im eingefallenen Gesicht, noch schlimmer die eine sichtbare Hand, die Hand einer alten Frau, mit gekrümmten Fingernägeln, leicht zur Faust geschlossen. Nur die offenen starren Augen wiesen einen Rest von Kindheit auf. Maria verblieb keine Zeit, weiter nachzudenken, eine Alarmanlage schrillte, in der Ferne hörte sie eilige Schritte in ihre Richtung näher kommen. Geistesgegenwärtig legte sie sich zu dem kleinen, nahezu leblosen Kinderkörper, krümmte sich, soweit es ging, und zog sich die Decke auch über ihren eigenen zitternden Körper. Die Nähe zu der anderen Person, von der kaum Körperwärme abstrahlte, war ihr nicht einmal unangenehm, so einmalig diese Situation auch sein mochte. Unverständlicherweise blieb der große Raum im Halbdunkel, während einige Männer und Frauen, grün bekleidet, hastig durch die Bettreihen liefen, offensichtlich auf der Suche nach ihr. Sie blieb mit ihrem Kopf unter der Decke, was das Atmen noch erschwerte. Nach einigen Minuten zogen die Suchenden wieder ab. Maria wartete noch eine ganze Weile, kroch aus dem Bett, besah sich schnell noch einige andere grauenhafte Greisenkinder dieser Art und verließ den großen Saal geräuschlos durch die große breite Holztür. Die Alarmanlage war längst verstummt, wieder herrschte diese unheimliche Ruhe. Auf dem Gang zurück in den Keller begegnete ihr niemand. Ihr war zuvor lediglich aufgefallen, dass das helle Licht hinter den riesigen Milchglasscheiben ausgeschaltet worden war. Maria hatte Glück, sie verließ das Haus und das Grundstück auf demselben Weg, wie sie gekommen war. Die einsetzende Dunkelheit half ihr dabei. Immer wieder blickte sie hinter sich, niemand verfolge sie, alles, Haus und Grundstück, blieben im Dunkel zurück. Dafür hatte sie sich natürlich nasse Füße geholt, als sie ihr Auto endlich erreicht hatte. So schnell es ging fuhr sie in Richtung Fernstraße und steuerte den Wagen zurück nach Hause. Ihre Cousine rief sie noch vom Auto aus an, entschuldigte sich für ihr Fernbleiben, ohne nähere Einzelheiten diesbezüglich preiszugeben. Den Rest des Abends wollte Maria keinen Menschen hören oder sehen. Auf der Heimfahrt, in der Dunkelheit, hatte sie tatsächlich wieder einen ähnlichen grünen Bus ausgemacht, der mit überhöhter Geschwindigkeit in die Stadt fuhr. Es war unmöglich, Näheres von den Insassen erkennen zu können. Am Nachmittag des nächsten Tages, sie hatte mehr als zwölf Stunden geschlafen, lief sie unruhig durch die Straßen, in der Hoffnung, einer oder mehreren Kindergruppen zu begegnen, jedoch ohne Erfolg. Allein zu Hause besah sie sich lange im Spiegel, stellte erneut ihr Älterwerden fest, diesmal aber ohne besondere Betrübnis. Wer aber war es, der offensichtlich die Jugend stahl, und zu welchem Zweck? Im Laufe der Zeit machten dann andere wenige Menschen ähnliche Beobachtungen wie Maria. Sie waren äußerst beunruhigt, zumal nicht ein Wort darüber offiziell verlautbart wurde, nicht seitens der Politik, nicht seitens der Öffentlichkeit. Die Wirtschaft begann insgeheim bereits zaghaft, sich auf die neuen Bedingungen einzustellen. Maria, ihre Cousine und weitere kamen schließlich zu der Auffassung, wie viel schlimmer es sei, wenn diese anscheinend unausweichliche Entwicklung in entgegengesetzter Richtung verlaufen wäre. Niemand wusste zu dieser Zeit, dass auch solche Versuchsplanungen von den zuständigen Stellen im Interesse der Allgemeinheit bereits erörtert wurden. Es waren nur Vereinzelte unter den alten Leuten, die insgeheim ähnlichen Vorstellungen in ihren häufig verwirrten Gedankengängen nachhingen.

In weiter Ferne

Für sein Alter war Daniel recht ungestüm. Seine Eltern besaßen ein bescheidenes Häuschen in einem kleinen Städtchen. In der Nähe befand sich ein See, umgeben von Wiesen, Feldern und größerem Waldbestand. Hier tollte Daniel am liebsten allein herum, nur vom Wasser hielt er sich instinktiv fern, obwohl er durchaus kein schlechter Schwimmer war. Vielleicht war es unbewusst nur die Besorgnis der Mutter, die ihn davon abhielt. Manchmal nahm er seine geliebte Katze auf seinen Streifzügen mit, sie war sein Ein und Alles. Kam er endlich von der Schule zurück, lief das braunweiße Kätzchen ihm oftmals freudig entgegen. Der Wunsch des Vaters war es, seinen Sohn Musiker werden zu lassen. Deshalb musste Daniel zweimal in der Woche zum wenig geliebten Klavierunterricht traben, nur einige Querstraßen weiter, bei einer älteren Dame, die einstmals als Pianistin ziemlich bekannt gewesen sein soll, wie es allgemein hieß. Mehr schlecht als recht beherrschte Daniel die unendlich vielen schwarzen und weißen Tasten, und eines Tages fand er zu seinem Leidwesen ein solches Instrument auch in seinem Zimmer vor. Umso mehr versuchte er, von zu Hause zu entweichen, wobei seine Katze ihm als Vorwand diente. Regelmäßig war das Tier neuerdings verschwunden, sodass man dem verzweifelten Daniel schließlich erlaubte, das kleine Wesen zu suchen. In den Ferien blieb die Familie zu Hause, die schöne Umgebung genügte den Eltern, außerdem mussten die restlichen Kredite für das Haus bezahlt werden. Mit der Mutter verstand sich Daniel gut. Sie war es, der er kürzlich, er war gerade zwölf Jahre alt geworden, das Versprechen abrang, die kommenden Ferien in den Bergen zu verbringen. Neuerdings sehnte er sich geradezu nach diesen. Jedes Bild, jedes Foto, auf dem jede Art von Bergen zu sehen war, versuchte er, in seinen Besitz zu bekommen, und ordnete sie nach einem nur für ihn durchschaubaren System. Daniel war zunächst nicht sehr begeistert, als der Vater ihm mitteilte, am nächsten Wochenende gemeinsam in die große Stadt zu fahren, um dort die neu eröffnete Gemäldeausstellung zu besichtigen. Sein Vater malte in der Freizeit ebenfalls manchmal, doch dessen Bilder gefielen Daniel überhaupt nicht. Als die Mutter jedoch scheinbar nebenbei einen Themenschwerpunkt der Ausstellung erwähnte, war Daniel sogleich Feuer und Flamme. Die Eltern mussten ihn wegen seiner Ungeduld ernsthaft ermahnen, denn er konnte es kaum erwarten, bis die Fahrt in die Stadt endlich begann. Seine geliebte Katze musste er aber zu Hause lassen, was Daniel sehr schwer fiel. Beim Abschied sprach er länger als sonst mit ihr. Dafür, so tröstete er sich, brauchte er wenigstens für ein paar Tage das ungeliebte Klavier nicht zu quälen. Endlich ging die Fahrt mit dem kleinen alten Auto eines frühen Morgens los. Daniel saß ziemlich unbequem auf der engen hinteren Sitzbank, trotzdem erfreute er sich an den vorbeiziehenden Bäumen, Feldern und Wiesen, auf denen es grünte und blühte. Den See hatten sie längst hinter sich gelassen, nur in der Ferne konnte Daniel einige große Vögel noch hoch über ihm kreisen sehen, auf der Suche nach Beute.

Endlich in der Stadt angekommen, das betagte Auto bot kaum genug Platz für die drei Insassen, war Daniel froh, sich wieder frei bewegen zu können. In der belebten Innenstadt, in deren Nähe sie einen Parkplatz gefunden hatten, befand sich auch der mächtige altehrwürdige Museumsbau, der Daniel sogleich eine gewisse Ehrfurcht einflößte. Nach furchtbar langer Wartezeit in der Menschenschlange vor dem Eingang betrat die Familie mit ihrem unruhigen Sohn erwartungsvoll die riesige Kuppelhalle, die voller Menschen war und von der fächerartig die einzelnen Ausstellungstrakte mehrere Stockwerke hoch abzweigten. Die Mutter ermahnte Daniel sorgenvoll, nur nicht die Eltern aus den Augen zu lassen, immer in ihrer Nähe zu bleiben, auch wenn es zugegebenermaßen wegen der vielen Besucher nicht leicht sein würde. Daniel versprach es hoch und heilig, war mit seinen Gedanken jedoch schon längst woanders. Ihn interessierten ausschließlich ganz bestimmte bildliche Darstellungen, die eigentliche

Thematik der Gemäldesammlung war für ihn sowieso noch nicht wirklich verständlich. Es kam so, wie es kommen musste. Schon nach etwa zwanzig Minuten hatten sich Eltern und Sohn aus den Augen verloren, sosehr die Mutter auch nach ihrem Sohn Ausschau hielt. Sein Vater ließ sich weniger beunruhigen, ihn interessierten besonders Porträtdarstellungen einer bestimmten Epoche, die nicht wieder so schnell zu sehen waren. Er beruhigte seine Frau zwar, war selbst jedoch nicht wegen Daniels Abwesenheit besonders nervös. Diesen hatte inzwischen ein ungewöhnlich großes Gemälde in einem wuchtigen verschnörkelten Goldrahmen geradezu magnetisch angezogen. Es befand sich in einer oberen Etage in einer Nische gänzlich allein ausgestellt, nur von wenigen Besuchern überhaupt wahrgenommen. Daniels Augen glänzten förmlich, sahen sie doch die ersehnte Bergwelt in all ihrer Vielfalt perfekt dargestellt vor sich. Vor dem Gemälde befand sich eine Absperrung in Form einer dicken roten Kordel, gehalten von zwei goldmetallenen schweren Ständern links und rechts. Daniel konnte sich nicht beherrschen, schnell sah er um sich, niemand war im Moment zu sehen, auch nicht die dicke weibliche Aufsichtsperson, die ihn schon mehrmals argwöhnisch beäugt hatte. Rasch kroch er unter der Kordel hindurch, hielt seine linke Handfläche auf den bunten, blühenden Wiesenteil in der Mitte des unteren Bildteils, wollte ihn nur einmal berühren, als sogleich etwas Ungewöhnliches geschah. Die dicke Wachpersonalangestellte kam keuchend angelaufen, doch zu spät. Ungläubig mussten ihre kleinen fettgepolsterten Augen mit ansehen, wie der kleine Daniel in der Landschaft des Bildes verschwand, bald nur noch als winziger dunkler Punkt zu erkennen, der sich in Richtung der riesigen schneebedeckten Berge rasch vorwärts bewegte und schon nicht mehr zu sehen war. Der Frau brach der Schweiß aus allen Poren aus, erschöpft setzte sie sich auf einen gepolsterten Hocker und starrte geistesabwesend vor sich hin, wobei sie etliche Male äußerst seltsam auflachte. Als ein Besucher sie ansprach, schüttelte sie nur mehrmals stumm den runden Kopf und schwieg. Vor dem kleinen Daniel aber tat sich die ersehnte Bergwelt auf, alles andere hatte er vollständig vergessen.

Er war förmlich in diese hineingestolpert, musste zunächst einen flachen Graben überwinden, um dann schnellen Schrittes vorwärtszulaufen in Richtung des gewaltigen Gebirges, das sich in der Ferne vor dem Blau des Himmels deutlich abzeichnete. Obwohl es hell war, konnte Daniel keine Sonne sehen, noch merkwürdiger aber war die allgemeine Lautlosigkeit, die hier herrschte. Außerdem bemerkte er bald eine vollständige Geruchslosigkeit, die dieser schönen Landschaft anscheinend eigen war, was Daniel aber nicht weiter störte. Unbedingt musste er den schneebedeckten Bergen nahe kommen. Hurtig ging er weiter, gönnte sich kaum eine Pause, verspürte keine Müdigkeit, kein Hunger- oder Durstgefühl. Keinen Moment dachte er an die Eltern oder an seine geliebte Katze. Das blühende Wiesengebiet hatte er längst hinter sich gelassen, der Weg wurde steiniger und stieg allmählich an. Bald sah er den ersten Wasserfall weit entfernt vor sich, dessen tosende Massen jedoch lautlos herabstürzten. Selten sah Daniel irgendein Insekt, irgendwelche größeren Tiere waren ihm auch nicht aufgefallen. Die ganze Gegend schien zudem völlig menschenleer zu sein, nirgends ein Haus, ein grasendes Haustier, eine landwirtschaftlich genutzte Fläche. Der Weg wurde schmaler, führte über eine verfallene Holzbrücke, Daniel musste sich sehr vorsehen, um nicht in das ausgetrocknete Flussbett hinunterzufallen. Ganz allmählich ließ die Helligkeit nach, Daniel dachte nicht an Ausruhen, erst wollte er in der Nähe der Berggipfel sein. Nach einer jähen Biegung des Weges zwischen steilen Felsschluchten blieb er staunend stehen. Jetzt waren die Bergspitzen gut zu sehen, beschienen von einer glutroten Sonne, was dem Ganzen einen eigenartigen Glanz verlieh. Er konnte sich nicht sattsehen an diesem Naturschauspiel, vergaß beinahe das Weitergehen. Trotz der nahenden Dämmerung verspürte er keinerlei Ängste, schaute lediglich danach aus, wo er übernachten könnte. Morgen auf jeden Fall, so überlegte er, würde er sein Ziel erreicht haben. Seine Schritte wurden jetzt deutlich langsamer, eine plötzliche Müdigkeit hatte ihn ergriffen. Er fror leicht, und zum ersten Mal fühlte er einen merklichen Hunger. Mutig ging er weiter vorwärts, um sich unter einem geeigneten Gehölz für die Nacht niederzulassen. Doch nichts, was ihm zusagte, war hier zu finden. Umso erfreuter war er, als er nicht allzu weit von ihm ein einzelnes Holzhaus erkennen konnte, in dem sogar ein schwaches Licht zu brennen schien. Mutig ging Daniel auf die Hütte zu und klopfte beherzt an, wobei er auch das Klopfen des eigenen Herzens verspürte. Die allgemeine bisherige Lautlosigkeit schien hier verschwunden zu sein, denn Daniel hörte deutlich das Geräusch des eigenen Türklopfens. Nichts rührte sich drinnen, und so öffnete er langsam die Tür, die dabei ein leichtes Knarren von sich gab. Auf dem großen Tisch sah Daniel Brot und Milch stehen, und sogleich machte er sich darüber her. An der niedrigen Decke hing eine Öllampe, die langsam hin und her schwankte und seltsame Schattenspiele hervorrief. Nachdem er gegessen und getrunken hatte, fiel Daniel in einen tiefen Schlaf. Bis zu der Pritsche mit dem Stroh hatte er es gerade noch geschafft. Für alles andere in dem einzigen Raum hatte er keinen Blick mehr übrig, so unendlich müde war er.

Es war früh am Morgen, als Daniel erwachte. Die Sonne hinter dem Gebirgsmassiv war noch nicht zu sehen. Im Halbdunkel der Hütte sah er sich neugierig um, erschrak jedoch keineswegs, als er ein kleines Männlein in bunter altmodischer Kleidung am eisernen Herd hantieren sah. Sogleich wurde es angenehm warm, das knisternde Feuer warf tanzende Schatten an die dunklen Holzwände. Das Männchen wandte sich jetzt Daniel lächelnd zu, legte seinen dünnen Zeigefinger auf den Mund und wies auf die vielen gemalten Bilder an der Längswand der Hütte hin, die Daniel bisher überhaupt nicht gesehen hatte. Von draußen war kein einziger Laut zu hören. Der kleine Mann sprach schließlich mit hoher leiser Stimme auf Daniel ein, setzte ihm heiße Milch, Butter und Brot vor und erzählte von seltsamen Dingen, die Daniel sehr erstaunten. Nach dem Essen betrachteten sie sich beide die Bilder etwas genauer. Der kleine Mann hatte sie gemalt, alles Motive aus der Welt der Berge, jedoch in völlig unwirklichen Farben. Daniel wollte so vieles fragen, doch das Männchen winkte immer wieder freundlich, aber bestimmt ab. Bis zum Mittag, die Sonne schien, während sie auf der Bank draußen saßen, hatte er nur so viel erfahren können: Der kleine Mann war einst vor den Menschen geflohen, auf eben die Art und Weise, wie er selbst hierhergekommen war. Genaueres dazu ließ das Männchen sich nicht entlocken. Daniel erzählte von seiner Leidenschaft für die Bergwelt und dachte zum ersten Mal wieder an seine Eltern, die sicherlich verzweifelt nach ihm suchten. Er bekam große Angst, als das Männchen ihm zögernd mitteilte, es bisher nicht geschafft zu haben, diese stille unwirkliche Bergwelt wieder zu verlassen. Es wusste nicht einmal zu sagen, wie lange es hier schon lebte. Vergeblich habe es versucht, den Ausstieg über die verschiedenen gemalten Bilder zu erreichen, denn den einstigen Weg hierher habe es einfach nicht finden können, sooft es auch versucht worden sei. Daniel besah sich die Bilder gleich darauf genauer, aber keines erinnerte ihn an die Gegend, von der er zuerst hier eingetreten war. Am späten Mittag aßen sie zusammen von dem, was das Männchen unter schwierigen Umständen im Laufe der Zeit hatte finden können: getrocknete wilde Früchte, Beeren und Pilze. Brot und Milch waren sehr knapp, denn das Männchen war nur selten wenigen Leuten begegnet, die ihm davon abgaben, nicht ohne eines oder mehrere seiner Bilder dafür zu verlangen. Soweit er feststellen konnte, sie sprachen kaum jeweils zu ihm ein paar Worte, waren auch sie auf der Suche nach ihrem eigentlichen Herkunftsgebiet. Daniel bekam auch in den nächsten gemeinsamen Tagen nicht heraus, wovor das Männchen eigentlich geflohen war. Sein eigentliches Ziel, den Berggipfeln möglichst nahe zu kommen, hatte er längst aufgegeben, die Sehnsucht nach zu Hause war einfach stärker. Schüchtern fragte er das Männchen, ob sie nicht gemeinsam den Weg zurück wagen könnten. Der kleine dünne Mann sah Daniel aus seinen wasserblauen Augen ungläubig an und nickte dann schweigend bejahend, wobei ein schwaches Lächeln seinen dünnen Mund umspielte. Am kommenden Tag machten sie sich auf den Weg. Die Essensvorräte waren fast aufgebraucht, Wasser und getrocknete Früchte waren ihre Wegzehrung. Es war ein grauer Tag, die Berge waren wolkenverhangen. Sie gingen schweigend in entgegengesetzter Richtung der Berge, erreichten nach stundenlangem Marsch, ohne jemandem zu begegnen, ein Tal, das ihnen beiden völlig fremd war. Daniel wunderte sich, denn einst war er aus dieser Richtung gekommen, soweit er sich erinnern konnte. Die fast lautlose Stille hielt auch hier an, nur selten sah er einen Vogel fliegen, alles Leben, bis auf die übliche Pflanzenwelt, schien sich versteckt zu halten. Sie

machten eine kurze Pause, trotz des einsetzenden leichten Nieselregens.
Das Männchen hatte einen Teil seiner Bilder mit auf die Wanderschaft
genommen und entledigte sich des sehr ramponierten alten Rucksackes
mit einem Seufzer der Erleichterung. Daniel unterließ es weiterhin, ein
Gespräch anzufangen, es hatte sowieso keinen Sinn. In Gedanken war er
während des Fußmarsches häufig zu Hause, seine geliebte Katze würde
ihn sicher schon sehnsüchtig erwarten. Die Bergwelt wurde ihm immer
gleichgültiger, wann endlich konnte er sie wieder verlassen? Er drehte sich
jetzt öfter nach seinem ungewöhnlichen Gefährten hinter ihm verstohlen
um. Der kleine Mann ächzte unter seiner Bilderlast, die anscheinend für
ihn von großer Bedeutung war. Daniel konnte sich nach allem, was er
erfahren hatte, nichts wirklich über ihn erklären. Nur so viel schien ihm
klar zu sein, das Männchen litt an irgendeiner Last. Die Landschaft, die
jetzt allmählich flacher wurde, kam Daniel endlich etwas vertrauter vor.
Er schritt eiliger aus, das Männchen hatte Mühe, zu folgen. Ganz vorne,
wenn er sich nicht täuschte, war der bewusste Graben zu erkennen. Er lief
so schnell er konnte weiter vorwärts, der Abstand zum Männchen wurde
größer und größer. Am Graben angelangt, suchte Daniel fieberhaft die
bewusste Stelle, denn es stand für ihn fest, nur dann den Sprung in seine
Welt erfolgreich vollführen zu können. Hinter sich hörte er das ferne
Wehklagen des Alten. Daniel bekam plötzlich große Angst. Er fürchtete,
die Nähe des Alten würde sein Vorhaben unmöglich machen. Eilig lief
er längs des Grabens entlang, bis er glaubte, die richtige Sprungstelle gefunden zu haben. Der Graben war hier weniger breit, der weiche schräge
Grasboden ziemlich zertreten, was Daniel darauf schließen ließ, dass auch
andere diesen Punkt genutzt hatten. Noch während des Sprunges in die
graue Nebelwand auf der anderen Seite des Grabens hörte Daniel laut
und deutlich den verzweifelten Schrei des Männchens hinter sich, bevor
er, wie von Zauberhand geführt, aus einem gewaltigen Gemälde einer
Gebirgslandschaft heraustrat, allerdings an einem anderen Ort (genauer:
in einem verfallenen Anwesen, das einem verschrobenen Künstlerehepaar
gehörte, welches eines Tages verschwunden war) in einer anderen Stadt,
in der er zuvor noch nie gewesen war. Alles Weitere ist schnell gesagt:

Er fand zurück nach Hause, mit Hilfe freundlicher Leute, konnte seinen Eltern aber nicht glaubhaft von allem berichten, was er inzwischen erlebt hatte. Der alte Mann verfolgte ihn noch oft in seinen Träumen, auch Jahre später, als er längst Mitglied eines bekannten Sinfonieorchesters war und mancher seiner Kollegen über ihn die merkwürdigsten Vermutungen hinter vorgehaltener Hand äußerte. Die zwei besonderen Gemälde jedoch waren für die Öffentlichkeit längst nicht mehr zugänglich.

Späte Lasten

Es war einfach nicht mehr zu übersehen: Seine Probleme nahmen rasant zu, jeder Versuch, sich dagegen zu wehren, war fehlgeschlagen. Allerdings fiel dieser Umstand kaum jemandem auf, auch nicht den wenigen Bekannten. Murmann konnte sich jedoch nicht selbst betrügen. Da war die Sache mit dem Schlaf. Er hatte sich gewundert, bisher fast gänzlich ohne solchen auszukommen, etliche Jahre schon, ohne dass es erkennbar an seiner Substanz gezehrt hatte. Leider, so musste er sich eingestehen, hatte er dieses Geschenk nicht wirklich sinnvoll genutzt. Lediglich seinen zahlreichen Gedankengängen hing Murmann nach, die sich dann auf sonderbarste Weise verliefen. In später Nacht flüchtete er häufig in leichte körperliche Tätigkeit, die meist darin bestand, die wenigen Möbelstücke seiner Wohnung zu verstellen. In materiellen Dingen gab Murmann sich genügsam, seine monatlichen Renteneinkünfte erlaubten ihm auch nichts anderes. Trotzdem stellte er sich nachts oft vor, eine andere Person zu sein. Neuerdings überkam ihn eine gewisse Müdigkeit, die seine Grübeleien verkürzte, was ihn einerseits beunruhigte, denn in seinen nächtlichen Betrachtungen war er anfangs ziemlich systematisch vorgegangen. Je länger er aber bei einer Person verweilte, umso öfter brachte er seine angestellten Mutmaßungen und Phantasien durcheinander, sodass er schließlich seine Bemühungen leicht enttäuscht aufgeben musste. Und unlängst erst drängte sich Murmann eine neue anstrengende Betachtungsweise auf, die ihn dennoch in ihren Bann gezogen hatte. Er verglich jetzt Menschen mit entsprechenden Tierarten, um daraus Rückschlüsse für einzelne menschliche Verhaltensweisen zu ziehen. Diese neue Möglichkeit verschaffte ihm eine gehörige Erleichterung, da seine ungesteuerten Grübeleien sich damit beheben ließen. Nun, stellte Murmann erleichtert fest, musste er sich an Vorgaben halten, die ihn zwangen, weitgehend objektive Kriterien zu berücksichtigen, was einer fundierten Urteilsfindung wesentlich dienlicher war. Außerdem, sein Verlangen, ein anderer Mensch zu sein, nahm zugleich erheblich ab. In den jetzt weniger schaflosen Nächten sah er Dutzende von Gesichtern und Gestalten vor sich, auch völlig fremde, denen er zutreffende Tierarten zuzuordnen vermochte. Daneben gab es eine geringfügige Anzahl von Grenzfällen, bei denen er sich einfach unschlüssig war. In Einzelfällen kam er nicht umhin, mehrere Tiere für einen Menschen festzulegen, wobei es ihm wiederum Vergnügen bereitete, eine präzise Rangfolge bezogen auf die Ähnlichkeiten zu benennen. Alle diese Überlegungen hielt Murmann gewissenhaft schriftlich fest. Kam er von seinen wenigen Spaziergängen nach Hause zurück, musste er sofort alle Begegnungen und Eindrücke notieren, bevor er sich den notwendigen häuslichen Erledigungen widmete. In Zeiten, in denen das Wetter weniger angenehm war, oder in welchen er sich nicht besonders fühlte, nahm er seine Fotosammlung aus dem Schrank und wertete sie für seine neue Beschäftigung gewissenhaft aus.

An das vermehrte Schlafbedürfnis hatte Murmann sich inzwischen gewöhnt. Sein täglicher Ablauf verlief dadurch in ruhigeren Bahnen, einfach weil er weniger Zeit für seine ausgefallene Arbeit hatte. Er entwickelte eine nahezu perfekte Meisterschaft, seine Mitmenschen und auch andere in geeignete tierische Kategorien einzuordnen. Es blieb aber eine Herausforderung, die jeweilige charakterliche Beurteilung abzuleiten. Allein aus diesem Grund ging er wieder häufiger unter Menschen, saß auch schon einmal längere Zeit in einem Restaurant, um seine spezifischen Beobachtungen vorzunehmen. Zu Beginn der Herbstzeit änderte sich sein besonderes Interesse an Menschen. Die umfangreichen gefertigten Aufzeichnungen ließ Murmann in mehreren Kartons verschwinden, die er in seinem Keller verstaute. Er fand jetzt Vergnügen daran, den Tag möglichst lange im Bett zu verbringen und darüber nachzudenken, welche tierähnlichen Menschengesichter ihn besonders beeindruckten. Bei Frauen entschied er sich schließlich für solche mit einem fuchsähnlichen, bei Männern für die mit einem raubvogelartigen Aussehen. Wenn er sich allerdings selbst oftmals im Wandspiegel am Bettende betrachtete, konnte er überhaupt keine Ähnlichkeit mit irgendeinem Tier feststellen, sosehr er sich auch bemühte. Eine Zeit lang war er deshalb ziemlich niedergeschlagen, versuchte anschließend, wenigstens bei Bekannten unauffällig herauszufinden, wie diese ihm, natürlich rein aus Spaß, gegebenenfalls zuordnen würden. Keiner von diesen wollte sich jedoch festlegen lassen. Man wunderte sich auch nicht besonders über Murmanns Ansinnen, er wurde schon immer als wunderlich betrachtet, nicht erst seit dem tragischen Tod seiner damals noch jungen Frau im Gebirge. Er selbst war leicht verstimmt über das Verhalten der anderen und beschloss, die ohnehin spärlichen Kontakte zu reduzieren. Eines späten Abends, er lag längst in seinem Bett, war Murmann höchst erstaunt, als es bei ihm klingelte und eine ganze Gesellschaft von fremden Personen in seine beengte Wohnung hereinstürmte, die alle seltsam verkleidet waren und exotische Tiermasken trugen. Murmann erbleichte vor Schreck. Mit wilden Gebärden bedeuteten die Gestalten ihm, sich rasch anzuziehen und mit ihnen die Wohnung sofort zu verlassen. Unten auf der einsamen nächtlichen Straße stand ein größerer Lieferwagen, den er mit den anderen merkwürdigen Gesellen besteigen musste. Noch immer schweigend, aber wild herumfuchtelnd, begleiteten Murmann elf Figuren im Laderaum des Fahrzeuges. Die Fahrt ging in Richtung Stadtrand, so viel konnte der verängstigte Murmann noch erkennen. Nach einer Weile verließ das Fahrzeug die Straße, befuhr einen schmalen holprigen Feldweg, der in ein Waldgebiet führte. Murmanns Ängste steigerten sich. Vergeblich hatte er versucht, die fremden vermummten Gestalten um gewisse Erklärungen zu bitten. Auf einer kleinen Lichtung hielt das Gefährt endlich an, die Tür wurde von außen geöffnet, die bunten Gestalten johlten jetzt laut los, was in Murmanns Ohren schaurig klang. Als er vom Wagen gezerrt wurde, umzingelte man ihn und brachte ihn in die Mitte des Platzes, wo sich ein riesiger Holzstoß befand. In dem schwachen Licht des nächtlichen Himmels sah alles äußerst gespenstisch aus. Murmann wollte schreien und weglaufen, doch der Kreis um ihn wurde immer enger.

Schließlich gelang es ihm, eine Wolfsmaske zu fassen und herunterzureißen. Sein Entsetzen steigerte sich, denn unter der Maske verbarg sich tatsächlich ein wirkliches Wolfsgesicht, das ihn höhnisch angrinste und dabei seine gewaltigen Zähne zeigte. Er glaubte, wahnsinnig zu werden, und schlug wild um sich, um endlich gleich darauf aus diesem fürchterlichen Traum zu erwachen. Murmann war noch Tage später so verstört, dass er es fortan unterließ, auch nur einen Gedanken an weitere Mensch-Tier-Vergleiche zu verlieren. Eine Zeit lang fürchtete er die sich ausbreitende innere Leere, dachte angestrengt darüber nach, womit er sich künftig ernsthaft beschäftigen könnte. Sein Schlafverhalten hatte sich völlig normalisiert, lediglich allzu heftige Träume fürchtete er. Aus Vorsicht unterließ er es, sich in eines seiner zahlreichen Bücher zu vertiefen, sodass er sich schon bald zu langweilen begann. Dennoch schreckte Murmann vor jedem Kontakt zu anderen zurück. Wenn er zurückdachte, überlegte er, was hatte er nicht alles schon begonnen. Doch nichts hatte ihn wirklich ausgefüllt, so musste er sich eingestehen, zu unstet war er gewesen, immer wollte er Neues anfangen. Er beschloss deshalb, Erfüllung in einer sinnvollen Tätigkeit zu finden. Mit besten Vorsätzen opferte er Geld und Zeit, um sich in einer Tierschutzvereinigung nützlich zu machen. Seine neuen Mitstreiter bewunderten ihn schon bald aufrichtig für seinen unermüdlichen Einsatz. Keine Aufgabe war Murmann zu schwierig, sein Durchsetzungsvermögen im Sinne der Sache war einfach erstaunlich. Nach wenigen Monaten gehörte er zu den führenden Köpfen der Organisation, traf wichtige, weitreichende Entscheidungen. Murmann fühlte sich seitdem wie neugeboren, schlief fast traumlos, konnte problemlos mit anderen Leuten umgehen. Er schaffte es, ein weltweites Netzwerk der Organisation mit aufzubauen, seine Leistungen wurden allgemein bestaunt und gewürdigt, bis zu dem verhängnisvollen Tag, an dem er notgedrungen auch von dieser Tätigkeit ablassen musste. Die offizielle Begründung für die Aufgabe seiner Arbeit war in allen einschlägigen Medien zu erfahren, stimmte aber nicht mit der bitteren Wirklichkeit des Betroffenen überein. Lastete ein Fluch auf ihm? Wollte sich jemand an ihm rächen? Gerade in der Zeit, als Murmann sich ernsthaft vorgenommen hatte, sich vielleicht eine nähere weibliche Bekanntschaft zuzulegen, diese

Entscheidung war ihm schwer genug gefallen, musste ihn dieses Unglück ereilen. Eine Mitarbeiterin der Organisation hatte ihm besonders gefallen, ohne dass er es dieser jemals signalisiert hatte. Sie entsprach genau seinem Tier-Mensch-Vergleich im positiven Sinne, besaß also rötliches, dichtes, welliges Haar, das ein längliches Gesicht mit strahlenden grünlich-blauen Augen umwallte. Doch die Nase hatte es Murmann besonders angetan, so fein und edel geformt, darunter, auf der geschwungenen Oberlippe, ein zarter rötlicher Flaum. Die ganze schlanke Figur, elegant und rassig in allen Bewegungen. Zu Hause hatte er überlegt, wie er am besten diese Frau kennenlernen könnte. Auf jeden Fall, dessen war er sich gewiss, musste er sein eigenes Äußeres verbessern, mehr Sorgfalt legen auf Bekleidung und Körperpflege, denn er war nicht gerade ein Frauentyp mit seiner Durchschnittsgröße und bereits etwas beleibter Figur.

Es war eines Morgens, seine Gedanken waren noch bei dieser attraktiven Rothaarigen, über die er leider auch jetzt noch zu wenig wusste, als seine Augen länger als sonst vor dem Spiegel verweilten. Hastig schaltete er die Deckenbeleuchtung zusätzlich ein, um sich ganz sicher zu sein, was er mit ansehen musste. Es war nicht zu leugnen, gewisse körperliche Veränderungen hatten sich anscheinend über Nacht eingestellt. Er konnte nur hoffen, dass sich dieser Vorgang nicht weiter fortsetzte. Am auffälligsten war diese kleine dunkelbraune Fellstelle an seiner linken Innenwade, die er immer wieder ungläubig betastete, in der Hoffnung, sie verschwände dadurch. Außerdem betrachtete er entnervt die drei größeren Zehen desselben Beines, die sich erheblich verstärkt und krallenartig verkrümmt hatten. Als er sich schließlich aufmerksam ängstlich sein Gesicht länger besah, konnte er kaum an sich halten vor Entsetzen. Seine braunen Augen waren nicht mehr vom üblichen Weiß, sondern von einem dunklen, nicht definierbaren Farbton umgeben. Murmann brach der Angstschweiß aus, als er diese gravierende Veränderung wahrnehmen musste. Sein dickliches, rundes Gesicht sah so erheblich weniger gutmütig und menschlich aus, überdies schien auch sein gesamter Haarwuchs kräftiger geworden zu sein. Noch mehr verwundert war Murmann jedoch, als er bald einen riesigen Appetit auf Honig bekam und er überdies hinaus in der Lage war, kräftige tierische Laute von sich zu geben, die sehr stark an einen größeren tierischen Gebirgsbewohner erinnerten. Wie gern wäre er jetzt nur er selbst, ohne diese schrecklichen Veränderungen! Seine Wohnung verließ er nun nur noch in den Abendstunden, verwendete eine dunkle Brille, kleidete sich möglichst unauffällig. Sein Telefon benutzte er kaum, schob Krankheit vor, um einem möglichen Treffen zu entgehen. Murmann magerte sichtlich ab, schlief auch wieder weniger, wälzte alle nur greifbare Literatur, um eine mögliche Erklärung für seine äußerlichen Veränderungen zu finden. Natürlich blieben diese Bemühungen erfolglos. An die begehrenswerte Rothaarige dachte er schon lange nicht mehr, ja, zweifelte überdies alle seine gewonnenen Erkenntnisse an, auch in der vagen Hoffnung, sein ursprüngliches Aussehen wiederzuerlangen. Wenigstens hatte sich sein äußerlicher Zustand nicht noch weiter verändert. Es war wie eine begonnene Verwandlung, die aus unerklärlichen Gründen abgebrochen worden war. Er verschwendete auch keinen einzigen Gedanken daran, eventuelle ärztliche Hilfe in Anspruch zu nehmen. Zu Medizinern und ähnlichen Leuten hatte er noch nie Vertrauen gehabt. Bei seinen eigenen Nachforschungsbemühungen in seinem Buchbestand hatte er durch Zufall lediglich herausgefunden, es war eine vergilbte Schreibmaschinenseite in einem alten Bildband, dass einer seiner Onkel ein fanatisch forschender Veterinärmediziner gewesen sein musste. Näheres konnte Murmann aber nicht feststellen. Nach weiteren Wochen ohnmächtigen Ausharrens beschloss er eines Tages, mit einem Mietauto die Stadt mit unbekanntem Ziel zu verlassen. Während des dritten Tages auf dieser Fahrt kam er an einem Zirkus vorbei, der an einer leeren Landstraße angehalten hatte. Auf einem der großen bunten Holzwagen sah Murmann eine seltsame Gestalt sitzen: affenähnlich, mit langen Haaren, andererseits doch mit überwiegend menschlichen Gesichtszügen. Murmanns Neugier war sofort geweckt.

Er hielt sein Auto an und ging auf die Gestalt zu. Andere Angehörige des Kinderzirkusses, denn ein solcher war es, waren in der Mittagshitze nicht zu sehen. Murmann nahm seine Brille ab, stellte sich vor und fragte ziemlich unverblümt nach, betreffs des besonderen Aussehens dieses

Wesens. Zu seinem Erstaunen erzählte die Person ihm sofort Genaueres, was Murmann in höchste Nachdenklichkeit versetzte. Der Mann, ursprünglich Vertreter eines Kosmetikkonzerns, war einst Opfer eines Haarwuchsmittels geworden, dessen Wirksamkeit ins Uferlose gegangen war und auch nicht mehr rückgängig gemacht werden konnte. So sei er, erzählte der andere, aus reiner Verzweiflung aus seiner Ehe ausgebrochen und schließlich beim Zirkus gelandet, was für ihn ein neues Glück bedeutet habe. Murmann war sehr davon beeindruckt. Nach weniger als fünf Stunden war auch er Mitarbeiter des Unternehmens und freute sich schon auf die Kindervorstellungen, die er gemeinsam mit seinem neuen Kollegen geben würde. Seltsamerweise wurde daraus nichts, denn noch im Laufe der Woche hatte sich sein Aussehen wieder normalisiert, keine Brille war nötig, die Fellstelle am Bein war verschwunden sowie alle anderen tierischen Merkmale an Murmanns ausgemergeltem Körper. Sichtlich niedergeschlagen verließ er den Kinderzirkus und fuhr in Richtung Heimat zurück. Der affenähnliche Zirkuskünstler sah ihm noch lange nach. Es ist nicht bekannt geworden, ob Murmann seine Stadt jemals wieder erreicht hatte.

Das Spiel beginnt

Im Gegensatz zur kürzlichen Premiere war die Theatervorstellung an diesem Abend restlos ausverkauft. Die Kritik war niederschmetternd gewesen, es hieß, man habe deshalb einige erforderliche Veränderungen vorgenommen, die aber dem Wesen des Stückes nicht zuwiderliefen, natürlich nach Rücksprache mit dem Autor. Die Zuschauergesichter blickten erwartungsvoll nach vorn zur verhangenen Bühne, der Geräuschpegel war wesentlich gedämpfter als üblich. Nur noch ein einziger Sitz in der zweiten Reihe Parkett, links neben der jungen Dame war nicht besetzt. Einige Besucher zeigten verstohlen auf diese, tuschelten ihrer Begleitung etwas ins Ohr, worauf mancher noch intensiver zu dieser Person blickte. Die junge gut aussehende Frau im schlichten, dunklen Kleid war als Kritikerin tätig, das Studium der Theaterwissenschaft hatte sie mit Auszeichnung bestanden. Auffallend war die etwas zu lange spitze Nase im Gesicht, aus dem lebhaft dunkle Augen hervorsahen. Ihre Frisur war leicht altmodisch gestaltet, passte aber gut zu ihrer ganzen Erscheinung. Allmählich zog Ruhe im Saal ein. Es war der Augenblick zwischen einsetzender Verdunkelung und dem Aufzug des Vorhanges. Eine kleine dunkle, gebeugte Gestalt erschien plötzlich wie aus dem Boden gestampft und zwängte sich hastig durch die zweite Reihe bis zur Mitte und ließ sich geräuschlos neben der jungen Frau nieder. Der kurze schnelle Atem neben ihr in der Dunkelheit störte sie in ihrer Konzentration auf den Beginn der Aufführung, doch sie wollte sich nicht ablenken lassen. Begierig sog sie jedes gesprochene Wort auf der Bühne ein, besah sich gründlich das Szenenbild und dessen Ausstattung. Vielleicht, so ging es ihr gleichzeitig durch den Kopf, würde sie eines Tages selbst eine bekannte Autorin werden. Eigentlich kannte sie das Theaterstück in- und auswendig, war deshalb umso mehr gespannt, sofort neues, abweichendes Rollenverhalten feststellen zu können. Als das unangenehme stoßartige Atmen neben ihr nicht aufhören wollte, sah sie unwillig zu ihrer linken Seite. Im selben Moment verspürte sie ein zaghaftes, aber anhaltendes Ziehen an ihrem Kleiderärmel. Ihre Augen weiteten sich, während sie sich auf das Gesicht ihres Sitznachbarn richteten. Es war ein verhärmtes, altes, ihr bekanntes Gesicht, aus dem sie flehentlich und ängstlich zwei große dunkle Augen ansahen, während ein übermäßiger langer, dürrer Zeigefinger auf den dünnen Mund gelegt wurde. Carla, so ihr Kritikerkürzel, erschrak, sie erkannte sofort den kleinen Zwerg, der in dem gezeigten Stück eine tragische, wenn auch nur kurze Nebenrolle spielte, gleich in einer der nächsten Szenen. Instinktiv erfasste Carla ein Mitleid mit dem kleinen Kerl, beruhigend überließ sie ihm ihre Hand, die er begierig ergriff. Die korpulente Sitznachbarin rechts neben ihr, die ein starkes Parfüm ausdünstete, bemerkte von dem Vorgang nichts, sah weiter ausdruckslos nach vorn zur Bühne. Durch Carlas Kopf schwirrten kurioseste Gedanken, sie besah sich das Bühnengeschehen weniger aufmerksam, während sie ihre Hand mühsam dem Zwerg entzog.

Wovor nur mochte der Zwerg solche Angst haben? Sicher, so fiel ihr ein, im Stück würde er durch einen Tyrannen beinahe vernichtet werden, doch das hatte er mehrmals über sich ergehen lassen müssen! Der zwergenhafte Kleindarsteller schien ihre Gedanken zu erraten, erneut zog er heftig an ihrem Ärmel, und Carla neigte ihr Ohr unauffällig zu ihm herab. Mit seiner Fistelstimme zischelte er hastig, er müsse ernsthaft um sein Leben fürchten, wenn sie ihm nicht hälfe. Carla war unschlüssig darüber, was sie davon halten solle. Sie wollte erst einmal abwarten. Der Zwerg neben ihr zitterte weiter, sah sie verstohlen an. Er war fast in seinen Sitz versunken, als plötzlich die dröhnende Stimme von der Bühne zu hören war, die wie besessen in das verwunderte Publikum hineinbrüllte und mit suchenden Augen den Zwerg aufforderte, sofort vor ihm auf der Bühne zu erscheinen. Die junge Kritikerin war außer sich, versuchte den Zwerg zurückzuhalten, aber es gelang ihr nicht. Mit ungeheurer Kraft riss er sich los, wie in Trance, von unsichtbaren Händen gezogen, erhob er sich, lief aus der Reihe den breiten seitlichen Gang entlang, an dessen Ende einige hölzerne Stufen direkt zum Bühnengeschehen heraufführen, unentwegt die großen, glänzenden Augen auf den anderen Schauspieler gerichtet. Im Publikum hielten die meisten den Atem an, vereinzelte Lacher waren zu hören, ebenso einige Buhrufer. Sofort nahm das Theaterstück seinen weiteren Verlauf, so wie vorgesehen vom Regisseur. Wenige Minuten später aber, Carla hatte es befürchtet, geschah das Unerwartete. Der Riese, statt ihn lediglich heftig zu schütteln und zu verwünschen, packte den Kleinen, presste ihm sichtbar mit seinen kräftigen Händen am Hals die Luft ab und ließ den furchtbar strampelnden und röchelnden Zwerg anschließend einfach zu Boden fallen. Das Publikum sprang auf, Carla rannte nach vorn zur Bühne, wie etliche andere auch. Der Riese wurde von mehreren Leuten abgeführt, während ein Feuerwehrmann sich bereits um den Zwerg kümmerte. Der Vorhang fiel, trotz des Tumultes hinter ihm, die Scheinwerfer waren auf einen Mann gerichtet, der leichenblass, stockend bat, infolge eines tragischen Ereignisses, das Theater zu verlassen und die Vorstellung zu einem anderen Zeitpunkt wiederholen zu dürfen, und des Weiteren an das besondere Verständnis des Publikums appellierte. Hinter dem Bühnenvorhang ging es lebhaft zu. Die wenigen Theatermitarbeiter hatten Mühe, die Leute zum Verlassen des Theaters zu bewegen. Carla war sichtlich aufgebracht. Der Zwerg war weggetragen worden, sie machte sich Vorwürfe, ihm nicht rechtzeitig geholfen zu haben. Auf jeden Fall müsste sie der Sache selbst auf den Grund gehen, ihre Kritik würde diesmal geharnischt ausfallen, vernichtender als je zuvor! Als sie endlich den Theaterraum verließ, sah sie keinen einzigen Menschen mehr, das Gebäude war plötzlich wie ausgestorben. An der Garderobe hing ihr dunkler Mantel als einziger am Haken. Draußen, vor dem erleuchteten Eingang, standen einige wenige und tuschelten miteinander, schienen Carla mit schadenfrohen Gesichtern zu beobachten. Als sie an diesen vorbeiging, erstarb jedes Gerede. Unsicher lief Carla eilig los, ihre kleine Wohnung befand sich nur einige Querstraßen weiter. Schlecht gelaunt aß sie eine Kleinigkeit, blieb anschließend die halbe Nacht auf, um nachzudenken.

    Sie durchsuchte ihre bisherigen Kritikbeiträge, fand natürlich keinerlei Anhaltspunkte für die verwerfliche Tat auf offener Bühne. Der Schauspieler W. war allgemein beliebt gewesen, was hatte ihn zu diesem Tun bewegt? Carla suchte auch in ihren Zeitungsarchiven, jedoch vergebens, nirgendwo eine einzige brauchbare Information. Sie hatte Mühe, ihre schriftlichen Unterlagen in einem geordneten Zustand zu halten. Besonders nach anstrengenden Tagen fiel es ihr schwer, gerade Gesuchtes zu finden. Insbesondere wenn sie außerdem telefonisch um einschlägige Auskünfte gebeten wurde, war dies der Fall. Obwohl sie jung war, zweifelte sie mitunter an sich, suchte die merkwürdigsten Erklärungen dafür. Vielleicht, so gab sie dann zu, sollte sie weniger scharf andere kritisieren, wenn auch nur rein fachlich, als vielmehr ihre eigene Person. Sorge machte ihr vor allem eine Tatsache, die sie erst seit kurzer Zeit zur Kenntnis nehmen musste. Sie hatte mehrfach festgestellt, dass Fliegen, die ihre Haut berührten, wenig später betäubt zu Boden fielen. Auch als sie ihr Parfüm gewechselt hatte, änderte sich nichts daran. Strömte sie wirklich so viel Gift aus, nicht nur mit der Feder? Eine gewisse Unnahbarkeit und übersteigertes Selbstbewusstsein wurden ihr ja von etlichen Kollegen nachgesagt. Am frühen Morgen erst konnte sie für wenige Stunden Schlaf finden, begleitet von unangenehmen, verworrenen Träumen. In der kommenden Woche ereignete sich nichts Besonderes, die Zeitungen erwähnten den Vorfall am Theater, mutmaßten unterschiedlichste Beweggründe, berichteten aber nicht von einem Todesfall des Kleindarstellers. Rein zufällig erfuhr Carla, sie saß gerade in der Bahn, um eine enge Freundin zu besuchen, die ihr nähere interne Neuigkeiten aus der Theaterwelt mitteilen wollte, diesbezügliche kaum glaubhafte Einzelheiten. Das Gespräch der zwei Damen, die vor ihr saßen, versetzte sie in Wut und Scham gleichermaßen. Der Regisseur habe absichtlich alles so inszeniert, um eine größere Aufmerksamkeit zu erwecken, um letztlich so auch finanziell mehr Erfolg zu haben. Einige Besucher habe man zuvor entsprechend informiert, sie mit einbezogen in dieses Experiment, um auch den Kritikern eine gewisse Blamage nicht ersparen zu können. Dies sei wohl auch gelungen, erwähnte lachend die eine Dame, während sie sich verabschiedete. Carla war wütend auf dieses ganze Theater, besonders auf den Zwerg, der sie so gekonnt hereingelegt hatte. Es wurmte sie ungemein, nicht zu denen gehört zu haben, die vorher entsprechend eingeweiht worden waren. Sie unterließ es, als sie wieder zu Hause war, den Intendanten telefonisch um eine Stellungnahme zu bitten. Überhaupt hatte sie momentan keine Lust mehr, irgendein Theater aufzusuchen, ja sie hasste den ganzen Theaterbetrieb, nahm sich vor, künftig Kritiken noch weniger rücksichtsvoll zu verfassen. Einige Tage später siegte ihre Neugier. Sie hatte ihr Aussehen leicht verändert und besuchte die abendliche Vorstellung erneut. Das Theater war nur halbvoll, alles geschah dieses Mal exakt nach der Vorlage des Autors. Als der Zwerg wieder auf der Bühne erschien, sichtbar unverletzt, konnte Carla das Geschehen nicht mehr konzentriert verfolgen. Ihrem Kopf entsprangen die verschiedensten Einfälle, wie er zu bestrafen sei, bis hin zur körperlichen Züchtigung.

Am Ende gab es nur mäßigen Beifall, viele Besucher waren enttäuscht, hatten sie doch auf neue Variationen des Theaterstückes gehofft. Carla sprach einige wenige Worte mit anderen Kritikerkollegen, die sich zu allem sehr bedeckt hielten, kaum einer teilte Carlas Ansichten zu den Vorgängen an dieser Spielstätte. Es wurde lediglich vage angedeutet, dass der Regisseur, vielleicht sogar noch wichtigere Leute, ihre Posten verlieren könnten. Einige Darsteller sollen sich bereits von selbst so entschieden haben. Carla war sich unschlüssig darüber, wie alles weitergehen sollte, ihre Arbeit befriedigte sie immer weniger unter diesen Umständen. Sie brauchte jetzt erst einmal frische Luft, um wieder klarer denken zu können. Sie lief durch mehrere nächtliche Straßen, bis sie mehr zufällig in einem Lokal landete, in dem auch Künstler und Schauspieler verkehrten. Der niedrige, gerundete Raum war nur spärlich beleuchtet, überall hing dichter Tabakqualm in der Luft. Sie konnte nicht sogleich erkennen, wo ein unbesetzter Tisch stand. Seitlich, nahe der gewölbten Wand, die in eine ebensolche niedrige Decke überging, fand sie einen geeigneten Platz. Während sie mühselig die Getränkekarte studierte, vernahm sie hinter sich ein lautes Gelächter, das ihr bekannt vorkam. Irritiert sah sie durch die rauchverhangene Luft in diese Richtung und erkannte den Zwerg zusammen mit dem Schauspieler W., beide schon anscheinend in weinseliger Stimmung. Sie winkten ihr heftig zu, an ihren Tisch zu kommen.

Carla überwand sich und nahm mit einem frostigen Lächeln schweigend Platz. Wenige Augenblicke vergingen, bis die beiden eifrig auf sie einredeten. Der Kellner hatte ein weiteres Glas und eine neue Flasche Wein bereitgestellt. Carla trank hastig, Schauspieler W. schenkte ihr sofort nach. Sie war ziemlich verwirrt von dem, was man ihr alles erzählte. Nach zwei weiteren Gläsern Wein war sie wie verwandelt. Sie lachte befreit mit, Wut und Enttäuschungen waren plötzlich verschwunden. Für Schauspieler W. empfand sie sogar eine zunehmende Sympathie, wenn er sie vielsagend anschaute. Der Zwerg hingegen rückte sichtlich von ihr ab, wenngleich auch er äußerst freundlich zu ihr war. Es war ihm selbst unerklärlich, was ihn von ihr fernhielt. Bis weit in die Nacht saßen die drei zusammen, schmiedeten Pläne, wollten schließlich ein neues kleines Theater gründen mit der Besonderheit, jedes einzelne aufgeführte Stück mit einem ständig wechselnden Verlauf in unerwarteter Art und Weise enden zu lassen. Carla sollte diesbezüglich federführend werden, ihren bisherigen Beruf endgültig an den Nagel hängen. Mehrere Schauspielerkollegen habe man überdies bereits für diese neue Kunstform gewinnen können. Carla ließ sich gern von diesem Vorschlag überzeugen. Wochen darauf sollte der Erfolg dieser Idee recht geben. Der kleine Zuschauerraum, in einem Nebentrakt des Lokals, war fast immer ausverkauft. Die Kritik erging sich in unterschiedlichsten Bewertungen, überwiegend wurde diese Art Kunst als sehr fraglich bezeichnet. Es wurde übel genommen, dass eine ihrer Fähigsten allem Anschein nach die Seiten gewechselt hatte. Carla aber war froh, sich endlich wirklich schöpferisch entfalten zu können. Sie stellte eines Tages fest, sich irgendwie auch körperlich zu verändern, denn es fielen keine Fliegen mehr betäubt zu Boden, wenn sie ihre Haut berührt hatten.

Ein Wille geschehe

Das junge Mutterglück war zunächst vollkommen. Mit glänzenden Augen wurde das Neugeborene betrachtet, alle Anstrengungen waren vergessen. Der ältere Mann, nun endlich erstmalig Vater geworden, erzählte überall voller Stolz von seinem Sprössling. Es wurmte ihn nicht wirklich, lediglich einen weiblichen Nachkommen zustande gebracht zu haben, nur tief in seinem Innersten war er verunsichert, vermochte nicht, auch nur ein Sterbenswörtchen davon gegenüber seiner Frau zu äußern. Die Zeit nach der Entbindung war gut verlaufen, es gab keine größeren Probleme. Allgemein war man zufrieden über die gedeihlichen Wachstumsfortschritte des Kindes. Mitten im schönsten Sommer, es war inzwischen mehr als ein Jahr vergangen, überkamen die blühend aussehende Mutter erste ernsthafte Zweifel hinsichtlich der Normalität der Entwicklung der kleinen Laura. Diese war als äußerst niedlich zu bezeichnen, weißblond behaart mit ausdrucksvollen großen blauen Augen im rosigen Gesichtchen, die jeden Besucher aufmerksam betrachteten. Der Vater hatte schon früh die verblüffende Ähnlichkeit zum Großvater festgestellt, der schon längst verstorben war und den er immer wegen seiner enormen Willenskraft bewundert hatte. Was hatte der nicht alles bewirkt, beruflich und privat, ein reiches erfülltes Leben, mit gewaltigen Höhen und Tiefen, die er in seinem abgesicherten mittleren Angestelltendasein niemals mehr erreichen würde! Vor einer andauernden Resignation bewahrten ihn Frau und Kind, sie gaben seinem Leben erst den eigentlichen Sinn, so vergewisserte er sich es immer aufs Neue. Der Großvater starb unter äußerst mysteriösen Umständen, sein Leichnam wurde niemals aufgefunden, die näheren Todesursachen niemals geklärt. Die kleine Laura nun hatte einen gewaltigen Appetit, schlief sehr viel, schrie kräftig, wenn sie nach

Nahrung verlangte. Ungewöhnlich aber war, dass sie selbst wenig Sprachliches äußerte, aber allem Anschein nach vieles von dem verstand, was die Erwachsenen untereinander redeten. Die Eltern wunderten sich oftmals, wenn sie zufällig vernahmen, wovon die kleine Laura träumte und wie sie sich währenddessen äußerte. Es waren häufig Sätze, wie sie normalerweise eigentlich nur Erwachsene verwendeten. Mit dem Erreichen des vierten Lebensjahres hatte sich diese Fähigkeit nahezu perfektioniert. Während des Tages allerdings sprach Laura so, wie es ihrem Alter entsprach. Vater und Mutter waren einerseits stolz auf ihre gemachten Beobachtungen, kündigten sie doch von einer besonderen Intelligenz ihrer gemeinsamen Tochter. Andererseits vermochten sie jedoch nicht, irgendjemanden, auch nicht engsten Verwandten oder Bekannten, von ihren heimlich gemachten Entdeckungen zu berichten. Noch unfassbarer stellte sich die neuerlichste Tatsache dar: Laura verhielt sich lustig und quirlig am Tag, während sie plötzlich abends zeitweise mit einer anderen, völlig fremden Stimme sprach, die eher zu einer sehr alten Frau gepasst hätte und mit der sie den Eltern Vorwürfe und Anschuldigungen verkündete, was diese jedes Mal in größtes Erschrecken versetzte.

Ihr Vater musste unwillkürlich an den Großvater denken, Redefluss und Art ihres Sprechens, die Bestimmtheit, duldeten einfach keinen Widerspruch. Zudem waren es auch die großen, kalten blauen Augen, die über Vater und Mutter einfach hinwegsahen, so als sähen sie Dinge der Zukunft, die der Familie drohten. Acht Wochen vor dem Weihnachtsfest war die junge Mutter fast am Ende mit ihren Nerven. Eines Morgens, sie hatte die Nacht kaum geschlafen, überraschte sie Laura im Bett, wie diese sich erfreut ihre beiden Daumen besah. Es waren die Finger einer alten Frau, viel größer als die übrigen, mit gelben gekrümmten Nägeln, faltig und verdickt an den einzelnen Gelenken. Gleich darauf streckte Laura ihr auch die kleinen Füße stolz entgegen, wo sich das gleiche ungewöhnliche Bild bot. Mit einem Schrei stürzte die Mutter aus dem Kinderzimmer und holte von Weinkrämpfen geschüttelt den Gatten herbei. Er musste sich sehr beherrschen, nicht die Fassung zu verlieren. Die Eigenheiten der Tochter hatten die Eltern zeitweise voneinander entfernt, jeder grübelte permanent darüber nach, wer an Lauras Zustand schuldhaft beteiligt sein könnte. Jetzt aber, die Tochter machte ihnen einfach Angst, klammerten sie sich fest aneinander, für Sekunden auch im wörtlichen Sinne, um Laura weiterhin zu verkraften. Etwa ein Jahr später, das letzte Weihnachtsfest war in gedrückter Stimmung begangen worden, selbst Laura verhielt sich wortkarg trotz der ersehnten und erhaltenen diversen Geschenke, sprach die kleine Laura häufiger wie eine keifende, alte Frau, vorwiegend in den Abendstunden im Dunkeln, wie sie es liebte. Noch schlimmer erschien es den Eltern, wenn Laura ohne ersichtlichen Grund laut und anhaltend schrie. Ihrer Mutter krampfte sich jedes Mal das Herz zusammen, und sie suchte weinend den Mann auf, der vergeblich versuchte, sie zu trösten. Im Verwandten- und Bekanntenkreis hatte sich Lauras Verhalten natürlich längst herumgesprochen. Alle Ratschläge bewirkten jedoch nichts, im Gegenteil, die Tochter tyrannisierte ihre Eltern mit immer neuen Methoden. Dabei kam ihr zustatten, dass sie mit fünf Jahren bereits nahezu jedes Buch lesen konnte. Während dieser Zeit begann fast unmerklich die Schönheit der jungen Mutter zu verblassen, was der Vater mit Bitternis zur Kenntnis nehmen musste. Er selbst verfiel jetzt häufig in anhaltendes Schweigen, hielt nachts innere Zwiesprache mit dem Großvater, den er mit Vorwürfen überhäufte. Kurz vor dem erneut nahenden Weihnachtsfest, die Zeit zerrann eigenartigerweise förmlich, bestand Laura plötzlich darauf, ihr Bett nicht mehr zu verlassen. Alles Zureden der genervten Eltern half nicht, sie fing sogleich zu schreien an, wenn man sie von ihrem eigensinnigen Begehren abhalten wollte. Am Heiligabend, nachmittags, die Eltern flüchteten sich in die Ablenkung des Baumschmückens, fing Laura kräftig an zu schreien, obwohl sie in ihrem Bett lag. Alles Besänftigen half wiederum nicht. Schließlich unterbrach Laura ihr Gezeter abrupt und wies die verunsicherten Eltern mit furchtbar krächzender, durchdringender Stimme an, ihr Bett sogleich vor dem Weihnachtsbaum aufzustellen. Dabei blitzten ihre Augen drohend auf, und ihr blonder Lockenkopf drehte sich heftig hin und her. Mit den hässlichen Daumen wies sie abwechselnd Vater und Mutter an, wo genau das Bett zu stehen habe. Bis zur Bescherung waren es noch etliche Stunden.

Lauras Eltern gaben sich die größte Mühe, sich so unbefangen wie möglich zu verhalten. Der Baum war fast vollständig geschmückt, es fehlten noch die goldenen Engelsfiguren und der Stern an der Spitze. Die Geschenke für Laura würden erst kurz vor der Bescherung auf dem Gabentisch liegen. Laura in ihrem Bett beobachtete die Vorbereitungen der Eltern mit lauernden Augen, wenigstens war sie eine Weile ruhig. Als der Vater die Stall- und Krippenfiguren aufstellen wollte, sie stammten noch vom Großvater, wehrte sich Laura heftig dagegen. Auf keinen Fall wollte sie das Jesuskind in Stroh und Krippe akzeptieren. Vater und Mutter waren ziemlich ratlos, verständigten sich aber stillschweigend, Lauras Wunsch nachzukommen. In ihrem Bett sah sie nicht unansehnlich aus, bis auf die vier Gliedmaßen, die sie penetrant ständig zur Schau stellte. Als der Baum dann erstrahlte, die Bescherung bei weihnachtlicher Musik und einem bewusst einfachen Essen vor sich ging, hatte sich fast eine Art von Harmonie in der Familie eingestellt, wobei sich jedes Elternteil bange die heimliche Frage stellte, wie lange dieser Zustand anhalten mochte. Draußen schneite es ein wenig, und Laura hatte sich sogar für einige Geschenke bedankt, das Bett jedoch nicht verlassen. Jedem Besucher wäre dieses Bild natürlich äußerst merkwürdig vorgekommen, den Eltern war es dagegen recht, freuten sie sich doch schon darüber, dass ihre Tochter wenigstens das Schreien während dieser Stunden eingestellt hatte. Nach Weihnachten, es waren nur wenige Besucher zwischendurch erschienen, schleppte sich die noch verbleibende Zeit im alten Jahr mühsam hin. Die Eltern hofften inständig auf ein besseres neues Jahr, ohne zusätzliche unangenehme Überraschungen. Die letzten drei Tage des Jahres hatte ein leichter Dauerregen eingesetzt, die bescheidene winterliche Pracht war dahin. Es war ungewiss, ob dies einen Einfluss auf Laura ausübte. Jedenfalls genau am Silvestertag machte Laura in ihrem Bett, das sie kaum verlassen hatte, eine rasante Verwandlung durch. Zuerst alterten auch die andere Finger und Zehen zusehends. In wenigen Stunden besaß Laura die Extremitäten einer alten Frau, wenn auch in ihrem Alter entsprechenden Proportionen. Die letzten Stunden des Jahres schrie sie überhaupt nicht mehr, und auch die Eltern blieben weitgehend stumm vor Entsetzen. Hand in Hand saßen sie vor Lauras Bett, die seit Kurzem erst die Augen fest geschlossen hielt. Ungläubig mussten sie zusehen, wie allmählich die anderen Körperteile zu verwelken begannen. Schließlich war es nicht mehr zu übersehen: Lauras Gesicht wurde von unzähligen Runzeln und Falten überzogen, was ihr ursprünglich hübsches Gesicht furchtbar entstellte. Für wenige Augenblicke öffneten sich plötzlich Lauras Augen, sahen die Eltern mit verhangenem Blick an, während gleichzeitig der magere faltige Mund sich öffnete und sie aufforderte, nicht traurig und verzweifelt zu sein, sich abzufinden mit allem, was noch eintreten werde. Sogleich schlossen sich ihre Augen wieder, Lauras graulockiger Faltenkopf drehte sich langsam zur Seite und sie verstarb mit einem tiefen befreienden Seufzer in der ersten Stunde des neuen Jahres. Ihre Beerdigung fand im ersten Monat statt, nur wenige Trauernde hatten sich eingefunden, die Pastorin sprach schlichte Worte und verwies auf die Unergründlichkeit der göttlichen Allmacht.

Alle Bemühungen der Eltern, eine hinreichende medizinische Erklärung für Lauras körperliche Veränderungen und ihren frühen Tod zu erhalten, scheiterten. Die Spezialisten sahen in sämtlichen verfügbaren Unterlagen nach, doch war dort nirgends ein solcher Hergang beschrieben. Versuche, Lauras toten Körper zu sezieren, waren am heftigen Widerstand der Eltern gescheitert. Natürlich verbreiteten sich in der Kleinstadt die unterschiedlichsten Gerüchte, und einige Vertreter religiöser Einrichtungen äußerten gegenüber den betroffenen Eltern nicht nur Tröstliches. Lauras Vater war es, der dennoch innerlich verspürte, Lauras kurzes seltsames Leben würde eine besondere Bewandtnis haben, familiär bedingt. Seine Frau hingegen sah die tote Tochter als Opfer einer feindlichen, unbekannten Macht. Beide liebten Laura jetzt umso mehr, trotz aller widrigen Umstände, die sie wegen der Tochter hatten ertragen müssen. Oft besuchten sie gemeinsam oder einzeln Lauras schlichtes Grab und hielten mit dem Kind stumme Zwiesprache, zu welcher Jahreszeit auch immer. An einem Tag, wieder stand ein Jahreswechsel bevor, flüsterte Lauras Mutter leicht unsicher, aber keineswegs unglücklich ihrem Mann eine Neuigkeit ins Ohr. Dessen Gesichtsfarbe wechselte mehrmals, als er die Mitteilung einer neuerlichen Schwangerschaft vernahm. Die sehnsüchtig erwartete

Geburt des kleinen Lorenz verlief ohne jegliche Komplikationen. Auch Lorenz war ein ausgesprochen hübsches Kind, die Ähnlichkeit mit Laura war verblüffend. Er wuchs wie ein normaler Junge auf. Bisher hatte ihm niemand von Laura erzählt, er sollte erst noch älter werden. Die Eltern hatten deshalb auch ihre Grabbesuche eingestellt. Die Grabstelle verwilderte mehr und mehr, auch wenn sie die Tochter nicht vergessen hatten. Lorenz war nun ihr neues Glück, sein Vater bewunderte insgeheim seine ausgeprägte Eigenwilligkeit, die ihm allerdings manchmal schon zu schaffen machte. Die Mutter war eines späten Abends höchst verwundert, als sie nochmals spät in Lorenz' Zimmer hereinsah. Offensichtlich im Traum äußerte er Dinge, die, als sie eine Weile zuhörte, unglaublich klangen. Erst als Lorenz geendet hatte und in aller Stille weiterschlief, weckte sie aufgeregt ihren Gatten und berichtete von dem soeben Vernommenen. Die ganze Nacht besprachen sie sich miteinander, vieles wurde ihnen jetzt etwas klarer, die zwillinghafte Ähnlichkeit mit Laura, seine Klugheit, seine unbändige Entschlusskraft. Was die Frau ihrem Mann erzählte, war kaum zu glauben, jedoch, davon war sie überzeugt, Lorenz war eigentlich Laura, die sich einfach nicht damit abfinden wollte, als Mädchen auf die Welt gekommen zu sein. Geist und Körper waren demnach so stark, diesen ungewollten Daseinszustand so schnell wie möglich zu überwinden. Als Beweis führte die Mutter ausgesprochene Einzelheiten aus Lorenz' Mund aus, die dieser niemals hätte wissen können. Als Lorenz dann älter wurde, hielt er sich stundenlang an Lauras Grab auf, das von ihm aufs Beste gepflegt wurde. In der Familie wurde kaum über Laura gesprochen, Eltern und Sohn wussten jedoch, in welch ungewöhnlicher Beziehung sie zueinander standen. Wäre es aus medizinisch erwünschten Gründen jemals zur Exhumierung von Laura gekommen, würden die Spezialisten höchst erstaunt gewesen sein, denn im halb vermoderten Sarg ließe sich nicht die geringste Spur von menschlichen Überresten finden.

Blüten des Zweifels

Die massive Wohnungstür wurde nahezu geräuschlos abgeschlossen. Mit unsicheren Schritten betrat der ältere Wohnungsinhaber die fünfstufige steinerne Hausflurtreppe, blieb einen Moment horchend stehen, ging rasch hinunter, öffnete behutsam die Haustür und verließ die kleine abgelegene Wohnanlage in Richtung der belebten Hauptstraße. Herr Vernau war der letzte Überlebende seiner weitverzweigten Familie. Finanziell hatte er keine größeren Sorgen, auch nicht gesundheitlich, jedoch litt er, selten zwar, an seinem Alleinsein. Überkamen ihn diesbezügliche Gefühle, lief er ziellos durch die Gegend, hielt sich länger dort auf, wo es von Menschen wimmelte. Trotz seiner leichten Sehbehinderung, er trug aber keine Brille, betrachtete er sich dann gern unauffällig menschliche Gesichter, versuchte in einigen lohnenden Fällen, persönliche Schicksale und Verhaltensweisen herauszulesen. Sein Gedächtnis funktionierte so rege, dass er zu Hause, in seinem bequemen Lehnstuhl sitzend, mit geschlossenen Augen, besonders beeindruckende Gesichter an sich vorüberziehen ließ, ihnen passende persönliche Erlebnisse zuschrieb, und, als weitere interessante Steigerung, dies auch in kurzen, nur für ihn selbst lesbaren Notizen festhielt. Viele Abende verbrachte er so, ohne sich zu langweilen. Er hatte zudem das seltene Glück, nicht die geringsten nachbarlichen Geräusche wahrnehmen zu müssen. An diesem frühen Nachmittag suchte er zuerst ein größeres Kaufhaus auf, stellte sich in der Schlange vor der Kasse an, nachdem er irgendeine Kleinigkeit gekauft hatte. Dabei hatte er genügend Zeit, die Menschen vor und hinter sich zu beobachten. Seine hellen flinken Augen versuchten, möglichst hilflos dreinzublicken, denn Herr Vernau war sich bewusst, dass sein ausgefallenes Bedürfnis im Einzelfall als belästigend hätte aufgefasst werden können. Unwillkürlich verspürte

Herr Vernau in der Herzgegend einen leichten Stich, als seine Augen länger haften blieben an einer weiblichen Person gesetzteren Alters. Die Dame trug einen hellen sportlichen Übergangsmantel, die Füße steckten in schwarzen, zeitlos eleganten Schuhen mit halbhohen Absätzen. Es war zunächst ausschließlich die Frisur der Dame, die ihn so faszinierte. Sie erinnerte ihn sofort an eine einstige weibliche Bekannte, die er über die Jahre hinweg nie wirklich ganz vergessen hatte. Ob es wirklich Margot war? Deren Name war ihm gleich wieder eingefallen, zusammen mit all den angenehmen Erinnerungen an sie. Vernau rückte näher zu seinem Vordermann auf und blickte unentwegt auf die dunkelrote, gelockte Haarpracht der Person weiter vorn. Gleich musste sie ihr Gesicht wenigstens seitlich zeigen, denn sie stand kurz vor der Kassiererin. Vernau war ziemlich aufgeregt, zumal er glaubte, auch den winzigen silbernen Ohrschmuck der Dame wiederzuerkennen. Für einen Bruchteil von Sekunden bewegte die Frau den Kopf in seine Richtung, lächelte flüchtig, bevor sie sich wieder der jungen Kassierin zuwandte. Dieser Augenblick hatte genügt, um Vernaus Vermutung zu bestätigen: Es konnte nur Margot sein, wer sonst?

Während des Bezahlens ließ er sie nicht aus den Augen. Sie ging in Richtung Aufzug, besah sich zwischendurch scheinbar interessiert einige besonders ausgestellte Garderobenstücke. Vernau gelang es, sie noch rechtzeitig einzuholen. Im Fahrstuhl, sie waren die beiden einzigen Benutzer, blickte er sie unentwegt unsicher an. Sie lächelte nur kurz zurück, unterließ es jedoch wie Vernau selbst, irgendein Wort zu äußern. Als der Fahrstuhl hielt, sprach er die vermeintliche Margot endlich an, lud sie ein zum Kaffee, gleich hier unten in der Konditorei des Hauses. Die Frau sah ihn prüfend an und nickte dann freundlich wortlos bejahend. Sie nahmen an einem kleinen Tisch am Fenster Platz. Vernau erzählte pausenlos von sich, auch, dass er sie von früher her kenne, unterließ es aber, »Margot« direkt danach zu fragen. Schließlich sprach die Fremde über ihre jetzigen Lebensverhältnisse in knappen Worten, ließ aber völlig offen, ob sie Vernau ebenfalls einstmals überhaupt begegnet war. Schon während dieses kurzen Beisammenseins hatte sich der arme Herr Vernau in die Frau verliebt. Er erkannte genügend an ihr, was ihm die Gewissheit gab, erneut seine Margot getroffen zu haben. Als sie ihm schließlich zögernd verriet, Margot zu heißen, war für Vernau jeder Zweifel beseitigt. Immer wieder sah er sehnsüchtig in die eigenartig hellen Augen von Margot, die er nie vergessen hatte. Nach dem Kaffee, Margot hatte sich dazu ein Stück Kuchen bestellt, tranken sie noch ein Glas Wein. Nach dem dritten fing Margot plötzlich an, sprudelnd wie ein Wasserfall von sich zu erzählen, ausschließlich von ihrer jüngsten Vergangenheit. Sie berichtete von ihrer Tochter, von ihrer letzten gescheiterten Beziehung und von ihren modischen und kulinarischen Vorlieben. Vernau wirkte plötzlich wie versteinert, trotz des reichlich genossenen Weines. Nur mit Mühe konnte er das jetzt dahinplätschernde Gerede der gegenübersitzenden Frau ertragen, lediglich der Gedanke an seine frühere Margot hielt ihn an seinem Stuhl fest. Schließlich, nach einem unsäglich langen heftigen Wortschwall, wobei die Frau über Vernau hinweg in die Ferne blickte, stand Vernau wie benommen auf, legte einen größeren Geldschein auf den Tisch und verließ schweigend diesen Ort der anfangs für ihn so freudigen, ersehnten Begegnung. Frau Margot brauchte etwas länger, bevor sie begriffen hatte, was passiert war. In aller Ruhe trank sie ihr viertes Glas Wein aus, bestellte sich ein weiteres und lehnte in der Folge mehrere Versuche einzelner Herren ab, ihr am Tisch Gesellschaft leisten zu dürfen. Das Wechselgeld allerdings, nachdem sie bezahlt hatte, steckte sie mit einer gewissen Art von Befriedigung ein. Den irritierten Vernau indes hatte es wieder einmal an den Fluss gezogen, der sich mitten durch die Stadt wälzte. Vernau konnte hier besser mit seinen quälenden Gedanken fertig werden, auch wenn die vielen lauernden Ungewissheiten dabei keineswegs abnahmen. Es dunkelte bereits, was Vernau ein Gefühl von Geborgenheit und Sicherheit vermittelte. Weit und breit war kein Mensch zu sehen, soweit es überhaupt zu erkennen war. Er befand sich auf einer riesigen Baustelle, die er nie zuvor jemals betreten hatte, wie er sich erinnern konnte. Sein Verlangen nach Ruhe und Schweigen steigerte sich an diesem unwirtlichen Ort zusehends. Innerlich schalt sich Vernau einen Narren, zeitweise den Verlockungen einer Frau ausgeliefert gewesen zu sein. Auf einem Schutthaufen ließ er sich unsicher nieder und starrte auf das Wasser.

Auf dem Gelände brannte plötzlich das grelle Licht der riesigen, hohen Leuchtmasten. Das ganze Bild erinnerte an eine filmische Szene. Erst jetzt bemerkte Vernau auch die metallene Umzäunung, und er wunderte sich, wie er hierhergekommen war. Trotz seiner beginnenden Müdigkeit hielt es ihn fest, an diesem ruhigen Ort mitten in der lauten, lärmenden Stadt. Das Wasser floss hier breiter und infolge eines leichten Gefälles auch schneller als anderswo. Auf der gegenüberliegenden Seite erblickte Vernau ein verlassenes altes Fabrikgebäude nebst einigen schlanken Fabrikschloten, die wie riesige Finger in den blassen Himmel ragten. Einen Moment nur schloss Vernau die müden, schmerzenden Augen. Ein schwaches, zögerndes Lächeln breitete sich stellenweise um den dünnen Mund aus. Erneut sah er die Familie vor sich, Mutter und Geschwister. Zu Hause hatte er sorgsam die Reste von Fotos, Briefen, Postkarten und Dokumenten aller Art sortiert, die nach all den Jahren noch übrig geblieben waren. Ein handgeschriebenes Gedicht seines Vaters war besonders wertvoll für ihn. Die einzige lebende Verwandte, eine Cousine, war vor zwei Jahren auch gestorben. Ein ferner ansteigender Sirenenton riss Vernau aus seinen Grübeleien. Er erhob sich und schaute auf seine Armbanduhr, es war bereits eine Stunde vor Mitternacht. Seine Augen glitten abwesend über das Wasser. Einen Augenblick später erfassten sie etwas Seltsames. Rechts von ihm, in Flussmitte, waren einzelne Gestalten zu erkennen, die nacheinander lautlos aus dem Wasser auftauchten, um nach wenigen Metern ohne sichtbare Bewegungen wieder in diesem zu verschwinden. Vernau rieb sich die Augen. Näheres hatte er nicht sehen können, nicht einmal, welchen Geschlechts die Figuren waren. Nur die kahlen Köpfe hatte er registriert, ebenso die schlotternde dunkle Bekleidung der etwa zehn Gestalten, genauer hatte er es in der Schnelle nicht feststellen können. Vernau war wie betäubt. Der dunkle Fluss, auf dem sich einzelne Lichter spiegelten, sah aus wie zuvor. Er zweifelte an seinen Wahrnehmungen, waren dies die ersten Täuschungen auch seiner sichtbaren Welt? Er konnte jetzt einfach nicht nach Hause gehen, an Schlaf war nun nicht mehr zu denken. Längere Zeit lief er am Ufer entlang, er hatte eine Öffnung in der metallenen Umzäunung der Baustelle gefunden. Erst als er anfing zu frösteln, machte er sich auf den Heimweg. Plötzlich erfasste ihn ein lautlos sich näherndes Scheinwerferlicht und hielt ihn fest. Mit geschlossenen Augen blieb er stehen, ohne größere Ängste zu verspüren. Eine nicht einmal unangenehm klingende männliche Lautsprecherstimme forderte ihn auf, dem rückwärtsfahrenden Scheinwerferlicht zu folgen. Gleichmütig tat Vernau der Stimme diesen Gefallen. Ab und an öffnete er die Augen zwischendurch. Als das grelle Licht aufhörte, fand er sich gänzlich allein. Das Verrückteste aber war, Vernau befand sich auf der anderen Seite des Flusses, dort, wo die Schornsteine nebeneinander standen. Seine bisherige Gleichmütigkeit verließ ihn. Kopflos rannte er einfach los, bis er endlich eine Brücke erblickte. Ein einzelnes Auto, dem er aufgeregt zuwinkte, fuhr jedoch rasch an ihm vorbei. Als er seine Wohnung erreichte, er wusste selbst nicht wie, fiel Vernau todmüde in sein Bett. Am nächsten Tag aß und trank er hastig ein wenig von seinen eigenen spärlichen Vorräten, um sich anschließend eifrig seinen Familienunterlagen zu widmen. Mit einem Vergrößerungsglas betrachtete er sich diverse Bilder seines Großvaters. Er hatte ihn nie persönlich erlebt, fühlte sich aber zu ihm hingezogen. Tatsächlich hatte er gewisse Ähnlichkeiten mit diesem. Vernau fragte sich, ob seine Gedankengänge ebenfalls mit dessen einstigen, wenigstens teilweise, übereinstimmten? Doch er hatte niemanden, mit dem er darüber sprechen konnte. Unbewusst versuchte er auch, irgendwelche Gemeinsamkeiten zwischen den Familienangehörigen und den Flussgestalten herauszufinden. Natürlich führte das zu nichts, denn er hatte deren Gesichter kaum erkennen können. Wie hatte ihm die Mutter gefehlt, zu früh war sie gestorben, niemand hatte sie ihm ersetzen können. Er haderte mit seinem Schicksal und war wie so oft bei dem Punkt angelangt, wo er mit gesteigertem Sarkasmus alles Nachdenken abrupt abbrach, weil er sich seiner eigenen Bedeutungslosigkeit zunehmend bewusst wurde. Unwillig packte er sämtliche Unterlagen wieder zurück, erheblich ungeordneter, als er sie zuvor entnommen hatte. Am frühen Nachmittag des nächsten Tages verließ er seine Wohnung und nahm ein einfaches Essen in einem kleinen Restaurant ein. War es Zufall, als er in diesem Frau Margot erkannte? Sie saß, ihm rückwärts zugewandt, mit einem älteren, gut aussehenden Herrn am Tisch, auf den sie heftig einzureden schien. Hastig schlang er sein Essen herunter und verließ das Lokal. Einer seiner Fehler war es, sich zu sehr mit der eigenen Vergangenheit zu beschäftigen. Vernau bemerkte es kaum, doch unwillkürlich zog es ihn in Flussnähe. Er hielt Ausschau nach dem großen Baustellenareal, aber er konnte es nicht entdecken, ebenso wenig die dichtstehenden Fabrikschlote auf der anderen Uferseite. Schließlich erreichte er eine Brücke, die ihm bekannt vorkam. Er wunderte sich, wie wenig er eigentlich die Stadt kannte, in der er lebte. Nervös lief er einen schmalen Uferweg längs des Wassers entlang, immer wieder nach den Schornsteinen und dem Baugelände Ausschau haltend. Der Fluss machte jetzt einen leichten Bogen nach rechts, und endlich erkannte Vernau die fünf oder sechs Schornsteine wieder. Er war aufgeregt und beschleunigte seine Schritte. Doch von dem Bauplatz auf seiner Seite war einfach nichts zu sehen. Vernau fror leicht, obwohl er sich warm angezogen hatte für dieses herbstliche Wetter. Es war Abend, nur wenige Fußgänger begegneten ihm bei diesem rauen Wind. Er ließ sich auf einer Bank nieder und sah angestrengt zu den Schornsteinen herüber. Der Fluss war jetzt schwarz und glänzend, ein einzelner Schlepper, nur schwach beleuchtet, trieb in der Mitte scheinbar menschenleer träge dahin. Vernau sah, die Hand dicht vor Augen, auf seine Uhr. Noch zwei Stunden müssten vergehen, sollte sich das besondere Schauspiel wiederholen. Direkt gegenüber dem Fabrikgelände lief er mehrmals hin und her, in Abständen auf die Uhr schauend. An einem einzelnen Baum blieb er die restliche Zeit angelehnt stehen und wartete. Er hoffte, wenigstens einen einzelnen Angler zu sehen, doch er war allein. Als es Zeit war, sah er unsicher auf die Flussmitte, begann zu schwitzen, da sich dort keine Veränderung einstellte. Er schloss enttäuscht die schmerzenden Augen, und sogleich sah er die schweigenden selben Gestalten, wie Gefangene nahm er sie wahr, die sich kurz zeigten und verschwanden, klaglos und hoffnungslos ausgeliefert. Schon glaubte er, sich selbst als letzte traurige Figur dieses Aufzuges zu erkennen. Dabei fiel ihm ein Vers aus dem Gedicht des Vaters ein. Er kannte es insgesamt auswendig, aber erst jetzt war er sich sicher, den Sinn dieses einen Verses zu verstehen:

Blüten des Zweifels

Ihr zeigt euch anfangs wenig,
verborgen im Dickicht des Sinns.
Seid ihr erwacht,
dann blüht ihr ewig,
und alle Gewissheit ist hin.

Einen Moment fürchtete Vernau sich vor sich selbst, oder war er nur ein wehrloses Opfer seiner Familiengeschichte? Er riss sich aus seinen Gedanken und lief mit schnellen Schritten los. Nur weg von diesem unwirtlichen Ort, dieser unnatürlichen Stille. Er wollte nichts mehr hören und sehen von den Gespinsten, die ihren Spott mit ihm trieben. Eilig näherte er sich auch einer zu dieser späten Stunde belebten Hauptstraße, deren zahlreiche Geschäfte und Läden durchgehend geöffnet hatten. Mit ungewöhnlicher Forschheit betrat er ein voll besetztes Café, fand einen Platz für sich allein, bestellte Kaffee, danach Wein und ein gutes Essen. Hellwach besah er sich den Trubel um ihn herum, bis ihn erneut ein leichtes Einsamkeitsgefühl beschlich. War es sein Glück, als eine Dame neben ihm, nach höflicher Anfrage, Platz nahm, die ihn ebenfalls sofort wieder an Margot erinnerte? Zögernd kamen sie miteinander ins Gespräch, setzten es aber intensiv fort, ohne dass Vernau sich dabei zu langweilen schien. Als sie sich endlich voneinander verabschiedeten, hoffte Vernau zuversichtlich darauf, zumindest für eine gewisse Zeit, auf weitere Kontakte nicht verzichten zu müssen. Doch eine Stimme in ihm flüsterte leise und beharrlich: Jeder Neuanfang birgt in sich das Ende. Wünschen wir Herrn Vernau möglichst lange die Unrichtigkeit dieser Behauptung!

Beklemmende Sichten

Seit mehr als zwei Stunden schwiegen Vater und Sohn beharrlich während der Autofahrt auf abgelegenen Landstraßen. Ihre Gedanken beschäftigten sich dagegen intensiv mit dem jeweils anderen. Im Gegensatz zu Sohn Siegfried konnte der Vater, Anfang fünfzig, seine besser ordnen, aber ihn beschäftigten zusätzlich noch weitere, wichtigere Dinge, zudem musste er sich hinter dem Lenkrad konzentrieren, denn wie oft hatte er es schon erlebt, dass ein einzelnes Wildtier in dieser Gegend unverhofft die Straße passiert hatte. Es war später Nachmittag, Anfang Dezember, bald schon würde die Dunkelheit Siegfried einhüllen, ihn sicherer machen gegen alles, was seit Monaten unaufhörlich auf ihn einströmte. Die Trennung der Eltern hatte er äußerlich gut verkraftet, doch er fühlte sich allein gelassen und seine Erinnerungen verweilten oft bei der verstorbenen Großmutter, die immer Zeit für ihn gehabt hatte. Zeit, die nun niemand so recht für ihn aufbrachte, ermöglichte es dem Zwölfjährigen, in Betrachtungen und Überlegungen zu verfallen, denen er sich nur schwerlich entziehen konnte. Das Schlimmste jedoch war, mit niemandem darüber reden zu können. Ansatzweise hatte er es bei dem Vater einige Male versucht, aber sogleich gespürt, dass dessen Teilnahme nicht sonderlich groß war. Die Mutter, bei der er wohnte, hatte dagegen nicht den erforderlichen inneren Tiefgang, außerdem musste sie sich anstrengen, um ihrer gegenwärtigen beruflichen Tätigkeit ausreichend nachzukommen. Siegfried litt zusätzlich an seinem leichten Stottern, entschädigte sich jedoch mit ungewöhnlichen Erfahrungen, die nur ihm zugänglich waren, ihn einerseits mit Genugtuung erfüllten, andererseits belasteten. Sein Vater war beruflich immer erfolgreich, neuerdings war er Teilhaber einer kleinen Zeitarbeitsfirma, viel unterwegs, kaum anwesend in seinem Häuschen in dem kleinen abgeschiedenen Ort, wohin sie jetzt gerade fuhren. Inzwischen war es vollständig dunkel geworden, die beiden Insassen im Fahrzeug schwiegen noch immer, kein eingeschaltetes Radio lenkte von der lastenden Stille ab, nur das konstante Fahrgeräusch und das harte Licht der Scheinwerfer, das unentwegt ganze Baumreihen am Straßenrand für Sekunden der Dunkelheit entriss, hätten eine gewisse Ablenkung bieten können. Siegfried versuchte, sich auf das gemütliche Häuschen zu freuen. Vielleicht könnte er in den drei Tagen endlich mit dem Vater über das reden, was ihn so sehr bewegte. Mitten in das Schweigen hinein sagte sein Vater, den Kopf hatte er dabei halb rückwärts gewandt, dass sie in etwa einer halben Stunde am Ziel sein würden. Siegfried, aufgeschreckt aus seinen Grübeleien, nickte nur schweigend. Eine bleierne Müdigkeit breitete sich langsam in ihm aus. Links und rechts der Straße waren jetzt undeutlich leicht hügelige Felder zu sehen, auf denen vereinzelt Schneereste lagen. Nur selten leuchtete in der Ferne ein Licht aus einem einsamen Gehöft. Trotz seiner Müdigkeit war Siegfried auch mittlerweile hungrig geworden.

Er freute sich auf das gemeinsame Essen mit dem Vater, wenigstens dann fühlte er sich etwas geborgener, und vielleicht würde er mit ihm manches bereden können, was mit seiner Mutter nicht möglich war. Plötzlich fiel ihm wieder diese merkwürdige riesige Heiligenstatue im Flur des väterlichen Hauses ein, ein Geschenk an den Vater, wie es hieß, das dieser vor etwa zwei Jahren erhalten hatte. Es war Siegfried etliche Male passiert, während er heimlich zu nächtlicher Zeit das Haus verlassen hatte, um den riesigen funkelnden Sternenhimmel hier draußen zu bestaunen, dass der unbekannte hölzerne Heilige seine rechte erhobene Handstellung verändert hatte, gleichsam als besondere Warnung an ihn. Ziemlich erschrocken war Siegfried dann rasch in sein warmes Bett zurückgekrochen, um noch einige Zeit über diesen seltsamen Vorgang erneut nachzudenken. Am Tag darauf hatte der hölzerne Heilige seine ursprüngliche Handhaltung wieder eingenommen. Natürlich konnte er darüber nicht mit dem Vater sprechen, mit Sicherheit hätte er ihn ausgelacht und ihm empfohlen, sich mehr sportlichen Aktivitäten zu widmen, um nicht auf so absonderliche Gedanken zu kommen. Endlich hielt das

Fahrzeug vor dem Haus. Eilig stieg der Vater aus und öffnete mit einem schweigenden Lächeln die Wagentür. Gemeinsam schleppten sie in der Dunkelheit etliche Mengen vollgepackter Tüten und Taschen hinein. Als Siegfried an der Statue vorbeigehen musste, beäugte er sie misstrauisch. Im hellen Flurlicht zeigte sie keine Regung, mit verklärtem Blick stand sie da, die segnende erhobene rechte Hand in gleicher Haltung wie gewöhnlich. Woher hatte sie der Vater nur, und was lag ihm an ihr? Siegfried wusste jedenfalls, sein Vater war kein eifriger Kirchgänger. Nach dem gemeinsamen Essen ging Siegfried sogleich schlafen, er war einfach zu müde, um mit dem Vater noch viel zu reden. Ohnehin musste dieser einige seiner mitgebrachten Akten unten im Wohnzimmer durcharbeiten, um nicht weiter in Verzug zu geraten. Sein Sohn indes konnte nicht sofort seinen verdienten Schlaf finden. Neben dem Heiligen, der einen so unangenehm allwissend ansah, beschäftigten ihn seine eigenen ähnlichen Probleme. Siegfried war sich nämlich ziemlich sicher, über gewisse ungewöhnliche Fähigkeiten zu verfügen, wie zum Beispiel, die Gedanken anderer lesen zu können. Weit mehr belastete ihn aber die Tatsache, den nahenden Tod der Großmutter auf ungewöhnliche Art vorausgesehen zu haben. Manchmal fürchtete er sich vor sich selbst, außerdem besaß er keinen wirklichen Freund, mit dem er seine merkwürdigen Einsichten hätte ernsthaft bereden können. Als ein Strahl gelben Mondlichts sein kleines Zimmer erreichte, war Siegfried endlich eingeschlafen. Am frühen Morgen, es war draußen schwarz vor Dunkelheit, erwachte Siegfried aus unruhigem Schlaf. Leise erhob er sich, zog seinen Bademantel an, und schlich die schmale Holztreppe hinunter. Aus dem weiter weg gelegenen Zimmer des Vaters drang lautes, regelmäßiges Schnarchen. Als Siegfried im Halbdunkel an der Heiligenfigur vorbeiwollte, stockte ihm fast der Atem. Sie stand nun genau gegenüber, an der anderen Seite der Flurwand. Siegfried vermied es, sie näher zu betrachten, eilte rasch zur Haustür und öffnete diese so schnell es unter den Umständen ging. Während er in den geliebten, bereits verblassenden Sternenhimmel sah, wischte er sich den Angstschweiß von der Stirn.

Er fror im kalten Wind, zitternd vor Nässe und Kälte verschwand er notgedrungen nach wenigen Augenblicken wieder ins Hausinnere. Wie groß war sein Erstaunen, als der Heilige wieder an seinem alten Platz stand. Siegfried überwand sich, schaltete das Flurlicht ein und sah der Figur mit festem Blick in ihr hölzernes Antlitz. Wieder sah er für einen Moment nur einen Totenschädel genau in Gesichtshöhe der Figur, ähnlich dem seltsamen Geschehen, als er die Großmutter letztmalig lebend zu Gesicht bekam. Nachdenklich knipste er das Licht aus und begab sich in sein Schlafzimmer. Das Schnarchen des Vaters war jetzt nicht mehr zu vernehmen, was ihn leicht beunruhigte. Er musste beim Frühstück über seine morgendlichen Wahrnehmungen mit diesem unbedingt sprechen. Bevor er nochmals in einen leichten Schlaf fiel, nahm Siegfried sich auch vor, im Laufe des heutigen Tages die Heiligenfigur, unbemerkt vom Vater, an der Flurwand irgendwie fest zu verankern. Merkwürdigerweise war es ihm bisher nicht gelungen, so wie sonst, die vermeintlichen Gedankengänge des Heiligen zu ergründen. Später, beim Frühstück, erzählte Siegfried schließlich stockend von seiner Beobachtung. Der Vater erwiderte nicht allzu viel darauf, schaute vielmehr seinen Sohn besorgt an, denn auch seine geschiedene Frau hatte ähnliche seltsame Beobachtungen an ihrem gemeinsamen Sohn gemacht. Er schlug Siegfried vor, zusammen einen ausgedehnten Spaziergang durch das angrenzende Waldgebiet zu unternehmen, er selbst brauchte diese Ablenkung ebenfalls sehr dringend. Eine Stunde später waren die beiden abmarschbereit. Die scharfe würzige Luft machte ihre Köpfe freier, Siegfried genoss es, in der Einsamkeit der Natur zügig auszuschreiten, an der Seite und im Schutz des Vaters. Eine Zeit lang sangen sie sogar einige Lieder laut heraus, was manche gefiederte Bewohner erheblich aufschrecken ließ. Am späten Mittag erreichten sie ein einsames Gasthaus. Siegfried bestellte sich sein Lieblingsessen, Bratkartoffeln mit Rührei und Speck. Später fragte er den Vater doch noch nach der genauen Herkunft der Heiligenfigur, bekam aber lediglich zur Antwort, dass sie aus dem Bestand eines einstigen zahlungsunfähigen Kunden stammte. Trotzdem fühlte er sich während dieses Zusammenseins dem Vater so nah wie lange nicht. Insgeheim hoffte er, die Eltern möchten möglichst bald wieder zusammenfinden, und zwar nicht ausschließlich seinetwegen, obwohl er sich keine anderen Eltern vorstellen konnte. Noch so vieles wollte er seinen Vater fragen, aber sie mussten sich bald wieder auf den Rückweg machen. Morgen schon, zur annähernd gleichen Zeit, würde er bereits im Auto sitzen, auf der Heimfahrt nach Hause. Sie suchten, im Ort endlich angelangt, den kleinen Lebensmittelladen auf, um ein paar fehlende Dinge zu besorgen. Beim Betreten des vollgestopften gemütlichen Geschäftes erschrak Siegfried. Für einen Moment sah er den toten Schädel des alten Ladenbesitzers deutlich vor sich. Siegfried klammerte sich dicht an den Vater, der instinktiv beruhigend seinen Arm um ihn legte. Bis zum Abendbrot war Siegfried sich selbst überlassen, sein Vater hatte im winzigen Büroraum zu tun. Eine Weile las er in seinem Abenteuerbuch einige Seiten, dann hielt er es nicht mehr aus und näherte sich dem Heiligen im Flur. Dieser stand so, wie von ihm befestigt. Im hellen Flurlicht besah er sich ihn nochmals gründlich. Statt des toten Schädels erkannte Siegfried diesmal winzige kleine Löcher im Gesicht und stellenweise auch am übrigen hölzernen Körper.

Am nächsten Vormittag, kurz vor der Abfahrt, teilte Siegfried seine neuen Beobachtungen hinsichtlich der Heiligenfigur dem Vater mit. Dieser nahm sogleich jene in Augenschein und war bestürzt darüber, die Angaben seines Sohnes bestätigen zu müssen. Gemeinsam schleppten sie die beschädigte Statue aus dem Haus, Siegfried hatte vorher unbemerkt vom Vater die Befestigung an der Flurwand entfernen können. Im nahe gelegenen Schuppen fand der Heilige seine letzte Ruhestätte. Der Vater ging sogleich ins Haus zurück, um die restlichen Sachen ins Auto zu packen. Siegfried, allein mit dem Heiligen im Schuppen, gab diesem mit aller Kraft einen Stoß, sodass die schwergewichtige Figur umfiel. Er war sichtlich erleichtert, als etliche Teile derselben dabei zu Bruch gingen und ein feiner Holzstaub emporwirbelte, der ihm das Atmen erschwerte. Monate darauf erst erfuhr er, dass die Heiligenfigur bzw. deren Reste aus dem Schuppen entwendet worden waren, was er sich nicht erklären konnte. Dagegen verwunderte es ihn nicht, ebenfalls vom Tod des alten Ladenbesitzers im Ort zu hören. Jetzt saß Siegfried wieder auf dem Rücksitz im Auto des Vaters. Der Vater war zwar etwas gesprächiger als auf der Hinfahrt, doch Siegfrieds Gedanken waren zu sehr mit sich selbst beschäftigt, als dass er besonders näher darauf einging. Vor allem, so überlegte er immer wieder, müsste er sein leichtes Stottern loswerden, bevor er mit jemand anderem über seine außergewöhnlichen Wahrnehmungen sprechen könnte. Der Vater nahm ihn eben insgesamt einfach nicht ernst genug. Siegfried in seiner Sitzecke schaute die meiste Zeit während der Fahrt nach draußen. Obwohl es nicht viel zu sehen gab, empfand er es als angenehm, in die winterliche, menschenleere Weite zu blicken. Es hatte angefangen, ganz leicht zu schneien. Der Vater sprach jetzt kaum noch zu ihm, er musste sich sehr auf das Fahren konzentrieren, zum Glück war das Auto bereits mit Winterreifen ausgestattet. Die Hälfte der Fahrt hatten sie inzwischen hinter sich gebracht. Bald, so sagte der Vater, würden sie Halt an einer Gaststätte nahe der Straße machen. Als Siegfried nur für wenige Minuten döste, dann die Augen aufschlug und auf den Hinterkopf des Vaters mehr oder weniger zufällig schaute, erstarrten seine Augen. Deutlich sah er genau in dessen Höhe einen Totenschädel. Siegfried wollte laut aufschreien, doch im nächsten Moment war alles blitzartig geschehen. Durch ein plötzlich erscheinendes Wildtier, einen Rehbock, verlor der Vater die Kontrolle am Steuer, der Wagen landete im Straßengraben. Siegfried selbst war nur gering verletzt, sein Vater lag mit blutendem Kopf leblos über dem Steuerrad gebeugt. Was weiter passierte, daran konnte sich Siegfried nicht mehr erinnern. Das Krankenhaus konnte er nach nur einem Tag verlassen, die Mutter nahm ihn erleichtert in ihre Arme und nahm sich vor, sich mehr um den Sohn zu kümmern, wenigstens während der bevorstehenden Festtage. Eine Bekannte von ihr fuhr sie beide anschließend nach Hause. Die Genesung des Vaters dauerte wesentlich länger. Er hatte trotzdem Glück im Unglück gehabt, würde aber noch einige Zeit der Schonung bedürfen. Als seine geschiedene Frau ihn mehrfach besuchte, einige Male war auch Siegfried dabei, hoffte dieser sehr auf einen neuen Anfang der beiden. Ob es dazu kommen könnte, blieb zu diesem Zeitpunkt völlig offen. Ein Gutes hatte dieser Unfall jedoch bewirkt: Siegfrieds Stottern war verschwunden, gleichfalls auch sein besonderes vorausschauendes Sehen. Sein Gedankenlesenkönnen nahm aber mit den Jahren zu, was nicht in jedem Fall ein Vergnügen oder einen Vorteil für ihn bedeuten sollte, auch wenn es für seine spätere berufliche Entscheidung ausschlaggebend wurde. Was es mit der Heiligenfigur wirklich auf sich hatte, sollte er aber niemals erfahren.

Verlorene Mühe

Es war nicht mehr feststellbar, wer den kleinen Freundeskreis initiiert hatte. Die fünf ehemaligen Schulkameraden trafen sich jedenfalls seit fast fünf Jahren regelmäßig in mehrwöchentlichen Abständen abwechselnd im jeweiligen Zuhause des Einzelnen. Alle waren um die Anfang sechzig, drei der fünf hatten beruflich Karriere gemacht, es also »zu etwas gebracht«. Umso mehr war es verwunderlich, als einer von diesen den anderen Freunden während eines Zusammenseins bei gutem Essen im Hause eines der drei, dessen Ehefrau hatte sich hinsichtlich ihrer Kochkünste alle nur erdenkliche Mühe gegeben, in ungewöhnlich knapper und ernster Form plötzlich mitteilte, sich ab sofort auf unbestimmte Zeit von den Freunden trennen zu müssen, überdies auch jegliche andere zwischenmenschliche Kontakte zu meiden, um endlich zu sich selbst zu finden. Die vier Freunde starrten ihn fast gleichzeitig ungläubig an, was der so Sprechende innerlich genoss, wenngleich es ihm gelang, dies weitgehend zu verbergen. Der Betreffende war einst erfolgreicher Bauunternehmer gewesen, hatte beruflich und privat alle Höhen und Tiefen bewältigt, stand glänzend da, war also ganz und gar nicht für dieses merkwürdige Vorhaben geeignet, wie man sogleich wild durcheinander diskutierend dieser Meinung war, nachdem der Bauunternehmer Frenkel sich abrupt erhoben und sich freundlich, aber entschieden schnell von dem Rest der Runde verabschiedet hatte, nicht ohne der ratlos dreinschauenden Ehefrau nochmals für alles Gebotene an diesem Abend ausdrücklich zu danken. Frenkel beglückwünschte sich selbst zu diesem mutigen Schritt, als er draußen in der nasskühlen Dunkelheit für einen Moment nachdenklich vor dem Haus verweilte, um dann raschen Schritts zu seinem ansehnlichen Auto zu gelangen. Durch seinen riesigen, nahezu kahlen Schädel brauste ein wilder Strom ungebändigter Gedanken, der erst etwas nachließ, als er es sich in seiner großzügig eingerichteten weitläufigen Wohnung bequem gemacht hatte. Frenkel, zweimal verheiratet, geschieden, kinderlos, war mehr oder weniger zufällig Bauunternehmer geworden, seine eigentliche Leidenschaft war einst die Schauspielerei gewesen. Sie hatte ihm jahrelang beruflich und privat gute Dienste leisten können, nun, am Ende seiner aktiven Jahre, wollte er ernsthaft zu sich selbst finden, sein eigentliches, verborgenes Wesen entdecken. Mit der Zeit war es ihm immer lästiger geworden, sich ständig auf die Erwartungen und Bedürfnisse anderer einstellen zu müssen, letztlich nur, um in zugegebenermaßen sehr befriedigenden finanziellen Verhältnissen existieren zu können. Seit mehreren Tagen schon hatte sich seiner eine gänzliche unbekannte, seltsame Neugier bemächtigt, die ihn einfach nicht mehr loslassen wollte. Hin und her hatte er über sein weiteres Leben nachgedacht, vielleicht auch unbewusst über das eigene Ende, um Fragen beantworten zu können: Wer bin ich wirklich? Worin besteht mein eigentliches Ich? Was ist mein Wollen? Schließlich ging es auch darum, wie dies zu bewerkstelligen sei.

Als einzelner, mitteloser Fernreisender, der sich durchschlägt, angewiesen auf andere Leute, als nächtlicher Kneipengänger, ganz unten gelandet, als spartanischer Einsiedler, auf einer abgelegenen, menschenleeren Insel lebend, oder auch als Klosterinsasse meditierend, als ein in der Tiefe der städtischen Kanalisation Vegetierender, lichtscheu geworden, ausgeliefert den dortigen Lebensverhältnissen? Erst am nächsten Tag war es Frenkel endgültig klar geworden, was er zu tun hatte, um sich selbst zu ergründen. Die Anonymität innerhalb seines großen, modernen Wohnkomplexes war dabei ausschlaggebend gewesen. Die Leute kannten einander kaum, zogen aus und ein, begegneten sich höchst selten mehr als einmal. Ein letztes Mal bereitete er sich in aller Ruhe ein üppiges Frühstück, rauchte sein Zigarillo genussvoll zu Ende, während er die Zeitung durchblätterte. Es gelang ihm sogar, den Teil über das Baugeschehen in der Stadt zu überblättern. Danach notierte er sich sorgfältig, was er an Vorräten für mehrere Wochen benötigte. Minuten später verließ er die Wohnung, nahm den Fahrstuhl bis zur Tiefgarage und bestieg sein Auto. Nirgends war er dabei jemandem begegnet. Innerhalb von zwei Stunden hatte Frenkel alles besorgt, was er für sein geplantes Vorhaben benötigte. Telefonisch bestellte er Post und Zeitung ab, setzte die Klingel außer Funktion. Besprach seinen Anrufbeantworter mit dem Verweis darauf, für längere Zeit verreist zu sein. Er schwitzte danach leicht, trank ein Glas Rotwein aus und zog anschließend die schweren Fenstervorhänge in der ganzen Wohnung zu. Die Tür zur riesigen Terrasse verschloss er, ebenso die Wohnungstür. Die Wohnung lag jetzt in einer Art Dämmerung, an die Frenkel sich erst langsam gewöhnen musste. Am Abend vermied er jedes größere Licht, keiner sollte vermuten, dass jemand zu Hause sei, falls jemand die vielen Fenster des riesigen Gebäudes in Augenschein nahm, aus welchem Grund auch immer. Frenkel nahm ein weiteres Glas Rotwein zu sich, ließ Fernsehen und Radio uneingeschaltet, kleidete sich vielmehr aus und legte sich in sein bequemes Bett. Es war schon lange her, ging es ihm durch den Kopf, dass er zu zweit hier gelegen hatte. Er wusste nicht einmal mehr, wer es überhaupt gewesen sein könnte. Eine leichte, angenehme Müdigkeit überkam ihn, die tiefe Stille ringsum war neu für ihn, wenig später schloss er seine glänzenden, dunklen Augen. Er hoffte nur inständig, sein ungewöhnliches Vorhaben auch tatsächlich verwirklichen zu können, denn es war ihm klar, dass es Kraft und Ausdauer erforderte. Mit dem Gedanken, nicht übermäßig Zeit aufzubringen, um an sein Ziel zu gelangen, schlief Frenkel ein. Am nächsten Morgen wachte er ausgeschlafen auf. Er öffnete unauffällig ein Fenster, stand versteckt hinter dem Vorhang und saß nach draußen. Alles war wie üblich, keiner schien sich für sein Experiment zu interessieren, dachte er und betrat das Bad. Wehmütig besah er sich im Spiegel, wie würde er bald schon aussehen? Unrasiert machte er sich ein spartanisches Frühstück, auf jeden Fall wollte er gleichzeitig auch abnehmen, er hatte sich dementsprechend sachkundig gemacht, sich einschlägige Literatur besorgt, auch hinsichtlich verschiedener Meditationstechniken.

Nach dem Essen legte er sich auf sein ledernes Sofa, schloss die Augen und sprach mehrfach wiederholend die Worte: »Wer bin ich, wer bin ich wirklich?« Bilder aus fernen Kindheitstagen stiegen vor ihm auf, doch er musste sich auf sein jetziges Inneres konzentrieren. Angespannt horchte er in sich hinein, suchte nach befreienden Antworten, aber es blieb leer und still in ihm, im Gegenteil, die »Schauspielerstimme« machte sich lustig über ihn: »Du bist der, der du bist«, flüsterte sie hämisch, eindringlich leise. Frenkel erhob sich und begab sich in sein Schlafzimmer. Dort war es noch dunkler, vielleicht hatte er hier mehr Erfolg, hoffte er, ein verhaltenes, unsicheres Lächeln spielte um seinen großen Mund, als er so dachte. Auf dem Bett liegend, starrte er in die Dunkelheit über sich, sah sich als Verdurstenden in der Wüste, als erschöpften Schiffbrüchigen auf einer Holzplanke im Meer treiben, als Jäger und Sammler in den weiten nördlichen Wäldern, und wusste doch, er musste hier, in seinem Zuhause eine Antwort finden. Er würde sich zwingen, fast gänzlich ohne Nahrung auszukommen! Und wirklich, er hatte einige Tage so zugebracht, hatte sichtlich abgenommen, ein anderes Gesicht bekommen. Wenn er sich, stark geschwächt, im Spiegel musterte, erkannte er sich kaum wieder. Der Bart im eingefallenen Gesicht verlieh ihm zusätzlich etwas Asketisches, die dunklen Augen blickten stumpfer und größer zurück. Sein Geist war träger geworden, angenehm leicht benommen, verbrachte er die nächsten Tage in seinem Bett, kaum dass er sich zwischendurch erhob. Die quälenden Fragen ließen merklich nach, auch die andere Stimme meldete sich seltener. An seinen Freundeskreis dachte Frenkel längst nicht mehr, auch nicht an sonstige Geschehnisse, vielmehr verblassten sie mehr und mehr. Sein Hungergefühl hatte ebenfalls nachgelassen, Frenkel schwebte in einem Wach-Traum-Dasein, das ihn entrückte in Sphären, die ihm vordem gänzlich unbekannt gewesen waren. Selbst sein Schauspielerdrang hatte sich verflüchtigt. Er war kraftlos geworden, fror zeitweise und verfiel immer häufiger in längere Schlafzustände. Es war ihm gleichgültig geworden, wie spät, welcher Tag es war. Mühsam trank er lediglich ab und an etwas vom lauwarmen Tee aus der großen Thermoskanne neben sich am Bett. Schon flüsterte das eingefallene bärtige Greisengesicht lächelnd zusammenhanglose, unverständliche Worte hervor, die nun wirklich in gewisser Weise unverfälscht hervorgebracht wurden. Fast wäre es in den folgenden Tagen um den Bauunternehmer geschehen gewesen, wenn nicht ein Ereignis eingetreten wäre, es war Ende der dritten Woche, das ihn schlagartig veranlasste, von seinem besonderen Unternehmen abzulassen. Es war spätnachmittags, Frenkel richtete sich unter großen Anstrengungen etwas auf, um einen Schluck Tee zu sich zu nehmen, als er jäh vor Schreck mit geweiteten Augen auf sein Bettende starrte, wo sich ein einzelnes riesiges Rattentier gerade unbekümmert anschickte, an seiner dünnen herausragenden großen rechten Fußzehe herumzunagen. Mit einem fast unhörbaren Aufschrei zog Frenkel mit letzter Kraft beide Füße an sich und blickte voller Angst auf das gut genährte hässliche Wesen, das weiterhin keine Anstalten machte, sein Bett zu verlassen. Vorsichtig schielte Frenkel zum Nachttisch.

Seine entzündeten Augen vermeinten, auch einen beträchtlichen Verlust der dort aufgebauten Essensvorräte zu erkennen, denn es sah insgesamt wenig einladend aus, was Frenkel Wochen zuvor angehäuft hatte. Auch auf dem Teppich standen geöffnete Büchsen, zum Teil halb geleert, unordentlich herum. Obst-, Brot- und Wurstreste ergänzten dieses besondere Stillleben auf unappetitliche Weise. Mit größter Willenskraft erhob sich Frenkel, das lange weiße Nachthemd, das er eigens für diesen Anlass angelegt hatte, schlotterte um seine ausgemergelte Gestalt herum, wankte in Richtung Küche, ergriff einen Besen, um mit dessen Hilfe dem Rattentier zu begegnen. Als er ängstlich zurückschlurfte, war das Tier nicht mehr zu sehen. Auch trotz kurzzeitiger Betätigung aller Lichtschalter konnte der erschöpfte Frenkel die Ratte nicht mehr ausfindig machen. Einerseits war er erleichtert darüber, denn schon immer hatte er vor Ratten und Mäusen panische Ängste verspürt. Wahrscheinlich aufgrund dieses Vorkommnisses und der damit verbundenen Aufregung verspürte Frenkel einen gewaltigen Hunger und ein allmähliches Wiederkehren seiner einstigen Lebensgeister. Verächtlich betrachtete er die ungeordneten Essensreste, ging in die Küche und bereitete sich ein sehr gediegenes Essen in aller Ruhe vor, wofür er auch mehrere Pfannen verwendete. Mit dem ersten Rotweinschluck kam auch schon der Gedanke, sich möglichst umgehend bei der Hausverwaltung zu beschweren. Über sein gescheitertes hehres Vorhaben dachte Frenkel mit keinem einzigen Gedanken mehr nach, vielmehr fühlte er sich von einer riesigen Last befreit, wobei es ihm immer unverständlicher wurde, weshalb er sich überhaupt eine solche aufgebürdet hatte. Gesättigt und gut gelaunt zog er nach dem Essen die schweren Vorhänge zurück, ließ Luft und Licht in die Wohnung, atmete tief auf der Terrasse durch, schaute links und rechts, oben und unten und musste leicht ärgerlich feststellen, dass kein einziger Mensch ihn dabei wahrnahm. Wieder in der Wohnung fing er laut schallend an zu lachen, wobei er selbst nicht hätte sagen können, ob es tatsächlich sein ureigenstes Bedürfnis gewesen wäre. Bereits am nächsten Tag, telefonisch hatte er sich wieder in der Welt zurückgemeldet, auch bei seinen vier Freunden, war das Rattentier vergessen. Frenkel erzählte überall von seinen aufregenden Reiseerlebnissen, jedermann glaubte ihm aufgrund seiner anschaulichen Berichterstattung jedes Wort. Die Wohnung war inzwischen gründlich gesäubert, es war anstrengend für ihn gewesen, aber jeden Tag erholte sich Frenkel etwas mehr von den zurückliegenden Strapazen. Morgen würde er die Klingel funktionsfähig machen und auch mit der Hausverwaltung sprechen! Eine Ratte war Gott sei Dank nicht mehr aufgetaucht. Jeden Tag besah sich Frenkel im Spiegel, musste zugeben, noch immer nicht besonders vorteilhaft auszusehen. Wenigstens war er nun wieder frisch rasiert im bedeutend schmaler gewordenen Gesicht. Er überlegte ernsthaft, wieder beruflich aktiv zu werden, damit ihm künftig nicht ein ähnlicher Ausrutscher passieren könnte. Frenkel hatte seine Wohnung inzwischen öfter als üblich verlassen, war essen und einkaufen gegangen, ohne das Auto zu benutzen, hatte mit einigen Bekannten kurze Gespräche geführt, fühlte sich bedeutend wohler und freute sich auf das baldige vereinbarte Treffen mit seinen Freunden.

Ihm graute andererseits vor der angehäuften Post, alles würde er in Ruhe erledigen, so entschied er. Für den Abend hatte er sich mit einer langjährigen Bekannten verabredet. Er bezahlte selbstverständlich deren Karte für die gebuchte Theatervorstellung. Nach der Aufführung plauderten beide angeregt beim Essen über das Stück, eines von Shakespeare, dessen Dramen gefielen Frenkel ausnehmend gut. Die Bekannte war nur geringfügig jünger als er, sah aber noch immer recht attraktiv aus. Sie wunderte sich zwar über sein etwas mitgenommenes Aussehen, hütete sich jedoch, seinen lebhaften, begründenden Schilderungen zu widersprechen, schließlich konnte es ihr ja völlig egal sein, was daran stimmen mochte oder nicht. Den Tag darauf sollte das abendliche Freundestreffen stattfinden. Die Hausverwaltung kündigte am Vormittag an, einen Mitarbeiter vorbeizuschicken, um den ausführlichen Beschwerden Frenkels im Einzelnen nachzugehen. Das Treffen der Freunde in häuslicher Gemütlichkeit verlief in voller Harmonie. Die anderen beglückwünschten ihn dazu, während seiner Reise so ersichtlich abgenommen zu haben. Aus Höflichkeit drangen sie nicht näher in ihn, von seinen Erlebnissen zu erzählen. Frenkel vermochte aber nicht, damit hinter dem Berg zu halten. Er steigerte sich in seine Schilderungen derart hinein, dass er nur durch drängende Aufforderungen, zu essen und zu trinken, davon etwas abgehalten werden konnte. Frenkel aß und trank wie ein Scheunendrescher, was die Gattin des Gastgebers doch sehr verwunderte, insgeheim fast ein wenig ängstigte. Schließlich verabschiedete man sich überschwänglich voneinander, wobei Frenkel eine gewisse Unsicherheit bei den anderen registrierte. Als er leicht angeheitert seine Wohnungstür aufschloss, fiel Frenkel das unselige Rattentier wieder ein. Für einen Moment wurde er kreidebleich. Schon im Fahrstuhl hatte er eine unbestimmte Angst verspürt. Mit dem bewussten Besen bewaffnet, durchsuchte er gründlich, aber vorsichtig sämtliche Räumlichkeiten, ohne eine einzige Ratte zu entdecken. Vor dem Einschlafen tröstete er sich damit, eigentlich nicht sicher zu sein, die Ratte wirklich gesehen zu haben, schon aufgrund seines geschwächten Zustandes. Niemals, so war ihm klar, würde er sich nochmals freiwillig in Umstände dieser Art begeben, denn es hatte einfach zu nichts geführt. Mit diesen Gedanken schlief Frenkel beruhigt ein, während wenige Zeit später ein stattliches Nagetier mit seinem gewaltigen Kopf den frenkelschen Toilettendeckel aufstieß und neugierig gefräßig um sich sah. Allerdings war Frenkels Wohnung für dieses Wesen ein bisher gänzlich unbekanntes Terrain gewesen, was sich nun einstweilen gründlich ändern sollte, allen entgegengesetzten Bemühungen zum Trotz.

Weitere lieferbare Titel von ULRICH JACOBI:

– Unsichtbare Zwänge, Teil I

– Gefährlicher Hunger. Unsichtbare Zwänge, Teil II

– Die seltsame Sammlung. Unsichtbare Zwänge, Teil III

– Die dunkelblaue Blume. Unsichtbare Zwänge, Teil IV